双子座文丛

高兴——主编

何向阳 著

提灯而行

Tideng
er Xing

漓江出版社
·桂林·

"双子座文丛"出版说明

  优秀的书写者往往有着多重的文学身份,这种多元视角下带来的碰撞和探索,也让文学迸发出更为耀眼的璀璨光芒。"双子座文丛"取意两栖、双优,聚焦当代文学星图里具有双坐标意义的写作者,以作品的多样性呈现文学思维的多面性,角度新颖独特,乃为国内首创。本丛书第三辑,以"评论家"为经度、"诗人"为纬度,收入了谢冕、张清华、何向阳、敬文东和戴潍娜五位横跨三个代际的作家力作,他们既是思力深邃的批评家,又是深情善感的创作人,各具时代特征的显著性。诗歌与评论的相互印证,感性与理性的双重交织,让他们成为"双子座"独特的坐标系——评论家+诗人。此类作家不独五位,以此五位为代表,且由于篇幅所限,本辑作品皆为精选。

漓江出版社编辑部

目录 / Contents

总序　一条江河的自然拓展和延伸／高兴　001

诗　歌

我们的相识和开始／如一阵荒野的火……

005／你　说
007／无　题（一）
009／无　题（二）
011／夜　行
013／一　冬
015／四　月
018／骊　歌
020／手　相
022／出　走
024／野　火
026／从　前
028／远　方

030/ 北　地

032/ 春　天

034/ 原　因

我该如何 / 点亮 / 向上的水滴……

039/ 千　年

044/ 心　疼

046/ 歌　者

047/ 忠　贞

049/ 究　竟

051/ 礼　拜

053/ 永　生

055/ 乡　愁

057/ 指　环

059/ 刹　那

061/ 低　语

065/ 微　尘

或有无尽的可能 / 在纸的苍茫 / 背面……

069/ 此　刻

072/ 同　路

075/ 古　寺

079/ 肉　身

082/ 重　逢

085/ 长　风

092/ 诞　生

094/ 淬　火

096/ 纸　上

098/ 所　爱

我还不能距一朵花蕊 / 太近 / 它的香气里藏有 / 我的灵魂

101/ 省　略

103/ 后　山

105/ 抵　达

108/ 十　年

110/ 少　数

111/ 讯　息

112/ 驯　鹿

115/ 竹　林

117/ 寺　中

119/ 听　觉

121/ 放　生

122/ 明　白

评　论

127/ 当我们谈论世界文学时，我们在谈论什么？

135/ 死去的，活着的——作为人心考古的小说世界

142/ 内心火焰的闪光

155/ 更理智的，更经验的

160/ 在期待之中

185/ 我为什么写作？

※ 总序 ※

一条江河的自然拓展和延伸

高 兴

数年前,漓江出版社开始出版"双子座文丛",取意"著译两栖,跨界中西",最初的宗旨是诗人写诗、译诗,散文家写散文、译散文,小说家写小说、译小说,把目光投向了中国文坛上一类特别的人,"一类似乎散发着异样光芒和特殊魅力的人。他们既是优秀的作家,同时又是出色的译家"。文丛新颖独特,为国内首创,出版后,受到读者的喜爱和认可。

喜爱和认可外,我们还听到了意外的回响。不少读者觉得,"双子座"这一名称实际上有着更加广阔和丰富的内涵和外延,仅仅限于"著译两栖",似乎有点"亏待了"如此独特的创意。既然作家、译家是"双子座",那么,作家、画家,作家、书法家,作家、音乐人,文学伉俪,文学两代,等等,都可以算作双子座。边界拓展,"双子座"应由一座独特的矿藏变成一个敞开的世界,而文学本身就该是无边无际的天地。

向来勇于开拓的漓江出版社吸纳了这一意见,决定拓展和延伸"双子座文丛"。这一举动既有出版意义,又具诗意光泽,就仿佛是一条江河,渴望拥抱更大的世界,通过自然拓展和延伸,执着地奔向大海。此时此刻,这条江河,我就称之为:漓江。

本辑,我们就将目光聚焦于评论家、诗人这一"双子座"。

正如在任何正常发展的文学中一样,在中国文学的发展中,文学评论家们也一直发挥着不可替代的作用。考察历史,关注现状,深入文本,梳理动向,评判价值,分析现象,评论家的所作所为,于广大的读者和作者,常常具有启发、提示、总结,甚至引领的作用,且常常还是方向性的作用。正因如此,评论家的事业既是一项文学事业,也是一项良心事业和心灵事业。

扎实的理论功底,广博的知识储备,天生的艺术敏感,这些都是一位优秀的文学评论家需要的基本素质。除此之外,优秀的文学评论家同样需要"多愁善感",亦即超凡的情感呼应力和感受力。因为,他们归根结底也是文学中人,而文学中人常常都是性情中人。作为文学中人和性情中人,到了一定的时候,自然不会单纯满足于文学评论,自然会产生文学创作的冲动。

一些出色的评论家诗人,就这样,出现在了我们面前。本辑五本书的作者谢冕、张清华(华清)、何向阳、敬文东和戴潍娜就是他们中的代表人物。

细心的读者会发现,这五位作者实际上代表了老中青三代。

谢冕,老一代诗歌评论家的突出代表,在七十余年的诗歌评论和教学生涯中,耕耘不辍,著述无数,桃李满园。尤其令我们敬佩的,是先生的内心勇气和诗歌热情。20世纪80年代初,正是他率先发表《在新的崛起面前》,

为当时备受争议的朦胧诗辩护，为中国新诗的健康发展排除理论障碍。"比心灵更自由的是诗歌，要是诗歌一旦失去了自由，那就是灾难，是灭绝，那就是绝路一条……诗歌的内容是形形色色的，诗歌的形式应该具有不同风格，如果用一种强制的或非强制的手段来进行某种统一的时候，这就只能是灾难。"从这段话中，我们便能感觉到先生的良知、真挚和勇气。如果说先生的评论体现出开明境界和自由精神，那么，他的诗歌则流露出含蓄细腻和别样深情。阅读谢冕的评论和诗歌，我们不仅会获得思想启发和艺术享受，而且还能感受到作者的人格魅力。

张清华、何向阳和敬文东，中间代文学评论家中的佼佼者。除了文学天赋之外，他们都接受过良好的文学教育，具有开阔的视野和扎实的功底，在长期的文学评论和研究中，形成了独特的个人风格。

在文学评论上，三位都有着自己鲜明的立场。张清华坦言，自己"采用的是'知人论事'方法，一个重要的原则就是把文本和人本放在一块，以人为本来理解文本"。他认为："如果能够通过文本接近人格境界，对人格境界有了一种理解，那么批评就是有效的，同时也是对自己的一种滋养。即便不去学他的人格，也会深化你对生命对人性的理解。"如此，"文学批评就变成了对话，不只是知识生产，还是一种精神对话"。何向阳表示："负责好自己的灵魂，是一个以深入人生、研究人性、提升人格为业的批评家作为一个人的最基本的责任。"这其实已成为她文学评论的逻辑起点和伦理追寻。与此同时，她还始终保持着一种清醒和自尊："当时间的大潮向前推进，思想的大潮向后退去之时，我们终是那要被甩掉的部分，终会有一些新的对象被谈论，也终会有一些谈论新对象的新的人。"而敬文东曾在不同场合反复强调："文学批评固然需要解读各种优秀的文学文本，但为的是建构批评家自己的理论体系；而文学批评的终极指归，乃是思考人作为个体在时间和空间中的地位，以及人类作为种群在宇宙中的命运。打一开始，我理解的文学批评就具有神学或宗教的特性，不思考人类命运的文学批评是软弱的、无效的，也是没有骨头的。它注定缺乏远见，枯燥、乏味，没有激情，更没有起码的担当。"作为评论家，张清华的敏锐，何向阳的细腻，敬文东的犀利，都已给广大读者留下深刻的印象。

在诗歌创作上，他们也表现出了各自的追求。张清华一直在思考怎样使诗歌写作同时更接近肉身和灵魂。"离肉身远，写作无有趣味，缺少生气；离灵魂远，则文本不够高级，缺少意义。所以，我所着迷的理想状态，应该是理性与感性的纠缠一体，是思想与无意识的互相进入，是它们不分彼此的如胶似漆。"他期望自己的诗歌写得既有意义，更有意思。如果了解何向阳的人生背景，我们便会明白，诗歌写作于她，绝对是内心自然而然的流淌，有着某种极致升华和救赎的意义。诗歌写作教她学会爱并表达爱。诗歌写作甚至让她感悟到了某种神性。正因如此，读何向阳的诗，我们在极简的文字中时常能感受到深情的涌动和爆发。敬文东的诗歌写作理由非常明确："我写诗的经历有助于我的学者身份，因为它给学者的我提供了学者语言方式之外的语言方式。语言即看见，即听到。维特根斯坦说，一个人的语言边界就是其世界的边界。有另一种语言方式帮助我，我也许可以听见和看见更多，能到达更远的边界。"身为诗人，张清华的不动声色和意味深长，何向阳的简约之美和瞬间之力，敬文东的奇思妙想和文体活力，都让他们发出了辨识度极高的诗歌声音。

而戴潍娜，来自"80后"青年评论家队伍，一位多才多艺、兴趣广泛、全面发展的才女和侠女。无论是评论还是诗歌，字里行间都会溢出如痴如醉的激情和坚定不移的温柔。文坛传说，她曾表示，如果有人让她卸掉一条胳膊或一条腿来换取一只猫或一只狗的性命，她一定毫不犹豫。这倒像是她的口吻和性情：极致的表达和极致的追求。她的评论和诗歌还流露出对语言的迷恋和开掘，有时会给人以语言狂欢和梦幻迷醉的强烈感受。这是位世界和生活热爱者，同时又是位世界和生活批判者。批判其实同样是在表达热爱。批判完全是热爱的另一种形式。这几句话，用于其他几位作者，同样有效。

阅读他们的评论和诗歌，我总有一种奇妙的感觉：作为优秀的评论家诗人，他们似乎正在理性和感性之间，在冷静和奔放之间，在肉身和灵魂之间，跳着一曲曲别致动人的舞蹈，展现出自己卓越的平衡艺术和多面才华。

文学评论，诗歌创作，这无疑让他们的文学形象变得更加完整，更加饱满，也让他们的文学生涯变得更加令人欣赏和服帖。

有趣的是，这五位评论家似乎都更加看重自己的诗人身份。兴许，在他们看来，文学评论只是本职，而诗歌写作却属惊喜。尊重他们的这种特殊心理，我们在排版时，特意将诗歌安排在评论之前。期望这样的安排也能给读者朋友带来惊喜。

2023年8月5日于北京

诗 歌

我们的相识和开始 / 如一阵荒野的火……

所有的所有都会消逝 / 我们的相识和开始 / 如一阵荒野的火 / 燃烧　熄灭 / 除了灰烬并不给这世上留下什么……

你　说

你说你爱百花盛开的春季
而我却浸透了秋的忧郁
步履蹒跚地走向冬季
你说你是天空闪亮的星座
而我却属于无光的岛屿
独自承受海浪的拍击

你说你是太平洋上的飓风
并不期望谁去收割
我却是北方风干的沙漠
千百年对甘霖等待毫无结果

你总爱谈起海、船
甚至熟稔拔锚时的吆喝
而我在浪中伫立了多少世纪
也深知自己礁石的颜色

你选明朗的句子念给我
说生活本身是一首歌
我悄悄地咀嚼你的诗

像橄榄
一半甜
一半苦涩

1985 年 4 月 9 日

无 题（一）

崖上的枫树

如火炬

风中飘舞

四散的星屑

点燃目光

我说像沉重的期待

你说是瑰丽的

向往

波浪击岸

如旗帜

飒飒飞扬

晶莹的水珠

洒溅额头

我说像坦诚的低诉

你说是率真的

歌唱

北风抽打

山上木屋

嘎嘎声撕裂
你眺望的目光
"拿我的胸膛做风的鼓吧"
我远远站在你背后
幻想我是空谷那悠远的
回响

你转过身
为等我的回答
久久凝望
我与你对视
心颤抖着
辨不清满天闪烁的
是眼睛
还是星光

1986 年 8 月 13 日

无 题（二）

别问

我为什么

久久不敢回身

凝望

你的眼睛

山那边溪水淙淙

跌过九重山崖

还不失

清纯的歌声

别在这沉默的时刻

敲响

你的钟鼓

请等一等

也听听我琴瑟与心弦的

和鸣

等到那一天

路上的花

都凋零了

窗被风击得

嘎吱作响

请推开门

带着你的钟鼓

和燃烧着的

蜡烛

你的脸被烛光映得圣洁

手中的火焰却激烈地颤动

我们

就这么

含泪对坐

我为你的如期而至

你为我的坚贞、久等

1986 年 8 月 28 日

夜 行

你熄灭灯光掩上门扉
可听到我的拐杖叩响街道的声音
路很黑只有盲人悠长的歌吟
如远处一根未尽的蜡烛
微照着我的道路
燃烧我的心

风率真地狂呼
轻叩着你窗户的一阵
也击打我微白的双鬓
岔道纵横
我们在哪里错过
在你爱着别人的时候
我始终爱着你
和你爱的人

如今我蹒跚走过你的门口
脚蹈霜剑
却不敢有一声呻吟

你熄灭灯光掩上门扉
可听到满巷落叶亲吻土地的声音

1986 年 10 月

一 冬

冬天的
雪
吟着什么
我知道这一切
飘落的
不都是雪
你抖围巾时
还飘落了一个
看不见的
季节

门槛上雪化了
树上谁的泪
结成串冰
挂着
不语
好像是为了飘落
才冻结

冬天的

风
说着什么
谁告诉我这一切
刺骨的
不都是寒风
而寒风
也不会让我
双臂紧抱
还觉冰冷

1986年12月19日

四 月

蔷薇花遍野地开了
乌云依旧低垂
让我独自行走
想象你折身跑过来
为我撑开
挡寒的雨衣
风紧追在背后
秋千荡起层层愁虑
有些时候
只是在有些时候
需要一个人
独自
默默地行走
在雨里
让雨打湿头发
再让头发遮住泪水
想一个人
想一个人从远处
跑来的样子
想一个人

他奔跑时匆匆的步履

在四月
还有寒冷还有风
别人都紧抱双臂
蔷薇花开了
遍地怒放的
是谁给谁的话语
我温暖的心
问淌出的泪
有些时候
只是在有些时候
需要这么独自
伫立
看一个人
看一个人从远处
由朦胧而清晰
看一个人
他眼里满是今天的亮雨

相信有关四月的诗
许多人正在写
也相信有关四月

再没有人能写得
比我真挚

四月对别人
可能只是一个易逝的季节
一幅平常的挂历
而对我
四月
是整个春天
是拐杖对森林青葱的回忆

      1988 年 5 月 3 日

骊 歌

季风的思绪

弥漫在周围

过去的日子

如楝树消瘦的叶片

淡淡的阴影

覆盖你全身

而眉睫

已蹙成无法释解的冰冷

有支歌你已唱出口

但告诉我

为什么总不能

唱得完整

我与你并坐

长凳中间的距离

使发自心底的语言

得以穿行

今夜

你询问中的忧虑

凉爽的浓重

多少次
无言打开唱片
那些反复咏吟的心声
叫我怎忍心再听
又怎忍心不听

你沉默又哀怨的眼神
一如今晚月色
深刻　朦胧
即使这支歌没有结尾
我又怎忍心回头
不读你的泪水
而看别人的
笑容

1988 年 5 月 25 日

手　相

我怎么能预言你的命运
连我都不知道
那些浅深不同的纹记
代表的
是将来的坎坷
还是过去的伤痕

岔道布满掌心
每次展伸与紧握
都发出几种预言
和着一次哭泣的声音
我怎么能看出并说出
你以后的图景
怎么能确定
那些不同走向的波浪
是朝着彼岸还是河心

你打开的坦率与真挚
还不够我细细地读
何况隐藏在指尖的那些默然

即使今生的路都已注定
我也无法指出是否有一条
正等待你的足音

已说出和未说出的
不过是担心和猜测
环绕你周围空间的
是我轻吐出的丝
喑哑唱不出嘹亮
喧嚷变不成沉吟
这带血的游丝又怎能
怎能代替命运

1988 年 5 月 30 日

出　走

想出去走走
在阴天或晴天
走在空旷的街上
不确定目的
只是随便走走

有一种声音响在身后
像沉吟又像抽泣
有些步履总不能举起
如你说话的余音
忧郁　迟疑

我以无动于衷的冷淡
掩饰激动
告诉自己不为什么
只是出来随便看看世界
不发出声响的脚步
永朝人流相反的方向
执拗，悠闲地走
很可能
岔道没完没了

每条路都是逆风

好久没有出来走走
跨出门槛的一步如此轻松
这条路必是通向郊外
那么还有郊外之外
歌外之外　心外之外
言谈外的风景

疆野永远且广袤
今天我只带了脚步
永不停歇
在晴天或阴天
不确定目的
一个人
不为什么
随便走走

山阳的麦子已齐腰了吗
布谷的啼鸣洒落的
是欣悦还是恍惚
藏起汹涌的表情
摇摇头总是不懂

这种心情

野　火

所有、所有都会消逝
云淡风轻　悄悄掠过
他们说
我们的分手并不会使这世上缺失什么
所有的所有都会消逝
我们的相识和开始
如一阵荒野的火
燃烧　熄灭
除了灰烬并不给这世上留下什么

可是要如何才能在回首来路时
守口如瓶　不动声色
而一个夏日平常的早晨
也能以平静的心情
从撑满期待的莲叶间从容走过

要如何才能按捺伤痛
淡淡地挥手、转身
背对飞奔而来的方向
花费整整一生去忘记

忘记

忘记我曾如何深深地爱着

1990年8月6日

从　前

影子是什么呢
从前有一天你问
你也会像那月下词人
独斟自酌　弄影成三
什么是痴情
等待或追随
什么又是千年
你也会踌躇么
在提起行李走开之前

影子是什么呢
为什么只它会
不忍不舍
无论顺境逆旅沧海桑田
为什么它还是它
只它没有学会人间的
背叛

今生你会问么
再问一句

最后
然后沉默
缄口
等那归来的你

满面仓皇
鬓发已斑

远　方

远方有谁在赶路
淡泊的侧影快融进黄昏了
一阵阵花雨打湿道路
赶路的那人始终不语
缄默的姿态
洒一路猜度

这个季节流行出走
我手里已没有什么可以凭依
风剥落记忆的彩色
碎片零落　模糊
伸开掌心　无数次
无数次还是那条命运的急流

一定有什么神谕
是我不能自觉的暗示
由谁带给我呢
遍野蔷薇是我听不懂的话语
也许会有渡口在不远处
匆匆赶路总忘记询问

那是一场开始　还是一个结局

究竟这一切是不是虚妄
生命奔涌　无从顾及

北　地

芦柴花拔节的音乐
你听过吗
勒勒车拉着的家
你见过吗
那你怎么就说你认识
那个走了九十九里
还不肯歇脚的
牧人

还有那立于荒原之上的
骏马
它回眸的眼神
你是不是常常梦见
冰在它瞳仁里化
春天接着又一个
春天

北地的雪下了几年了
几年了
仍然有不曾熄灭的

火焰
在窑洞里亮

是谁于静夜里喊上一嗓
窗棂上的剪纸换上
又一个新年
是谁寂寞地站在崖上
听也不知是谁的
那支歌
在山坳里回响

春　天

你怎么能知道
我藏在山里的心
已被大雪焐得
不知道了疼
春天还是要来
草甸坚持着绿
羊鞭拦不住
西山坳家女子的歌声

是第几个春天了
外面
那个少年牧人
抱膝独坐
背倚羊栏的姿势
成为剪影
泪水一样
打湿坡上青草的
是谁人的乳名

等冰山雪化

银河一寸寸崩塌
歌唱的女子　走到最高海拔
你站下
又有谁会指给你看
遍野漫山
年年冬天开的
都是什么花

山峦说绿就绿了
谁说了

告诉我　爱人
外面
正走着的春天
是你额前的第几根白发

开花的树　落雪的树
让我细细数一数
你的哪一根白发
使我雪下的心
疼得
慢慢复苏

1993年4月16日

原　因

那只扇着羽翅的小鸟
还要往哪里飞呢
那个浣水女为打捞什么
已把陶罐举起了多少回呢

麦花落了　荷花败了
稻花后面还有雪花开呢
弦子断了　嗓子哑了
排箫后面还有唢呐响呢

那株去年荒芜了的草
为什么今年一定要绿呢
那棵一直叫不出名的枯树
春天是不是也要坚持发芽呢

那些狂吹胸口的风
是不是还要执拗地找到
星空下独坐的那人
星空下独坐的人
为什么一定要等

风带给他的早已忘掉的
曾经允诺的音讯

那支儿时唱过的歌
为什么会由你唱出来呢
为什么那么多人听这首歌
流泪的偏偏是我

那些扇着翅膀的鸟
为什么总是拒绝栖息呢
那些汤汤前行的流水
为什么总是头都不回呢

爱人
把手放在心的位置
回答我
春天为什么叫作春天呢

1993 年 1 月 16 日

我该如何 / 点亮 / 向上的水滴……

我该如何 / 点亮 / 向上的水滴 / 又该如何 / 轻盈踏过 / 灰烬 / 那波澜的 / 碎银……

千 年

你真的就是

他么

你真的就是

千年前的

那个人

那么 漂泊在

岁月之河的

是谁的心

流逝中

凝成了石头的

又是谁的期待和守候

在千年后的

一个雨天

又由谁的手

将它捡起

叹息地点数

那些斑驳的纹路

那些断裂与褶皱

是怎样深重的创伤

为谁

为时光里的
哪一次
邂逅

你真的就是
他么
那个骑马前来的人
让我如何辨识
在初夏的一个午前
青黄的麦田与垄后
蹄声轻捷
在荡起的尘土里
有着怎样的一瞥
你的回眸
你临风无语的沉默
桂树一样的容颜
你说给我的那些话
句句是金
句句都是
我失之交臂的
千年

金黄的麦秸

风中飘舞

我该怎样也让你认出
认出被你拥入怀中的这个人
正是你不慎遗失了的
你无意间错过的那个
坚持在你门前
伫立并祈祷了千年的人
我该怎样告诉你
如此漫长的等待
都只为今天相遇时
你拥我入怀的
一瞬
我该如何轻声说出
你就是我最初的心痛
你就是我埋葬了
千年的
青春

羁旅漫漫
阡陌纵横

而这一切又是谁在

安排

让你经过我踟蹰的路边

又是什么力量催促我

步伐坚定

站在你和命运之间

向你讲述

那些守望的灯盏

那些辗转的长廊

廊外的池面上

漂浮着的

那一颗心样的

红莲

那是怎样的奇迹呵

四面八方的风

熊熊的星辰与火焰

我该怎样抑制住

不说破这个秘密

怕你看见

我为你暗自流下的泪水

怕你知道

我为你所受的千年的熬煎

怕你会因为太晚的相知呵
会在吻我的时候
因为懊悔而心颤

是呵　是你
风从背后吹来
麦浪滚滚　花香阵阵
我怎忍心　这个时刻
让你想起
千年前的那场别离
和　整整五千年

撕裂肺腑的
渴念

心　疼

手指触到的
不成形的事物
是什么
音乐以什么样的
方式
包裹着我
踏上
冻土的道路
噙泪的眼里
怎么看不见你们说的
那辆
飞奔的战车

时间

它马一样的鬃毛
柔而滑
又分明从我脸上
迟疑地
扫过

扫过呵

手指能够触到的
这个尘世
不存在的存在
是什么

我为谁一天天地等
盲人一样举着灯
直到帕上
锦绣化作
花朵
那花朵在别人心里
凝成
一瓣瓣的
疼痛

疼痛

手指触不到的
面庞
风终要吹走的
文字
和纸张

歌　者

那只曾向你摇篮里
抛撒花瓣的手
如今去了哪里

那个低回地吟诗的少年
在落雨的江边
他是谁

那位白发老人
用背影说的沧桑
是哪句话

那个赶路时频频回首的
脚夫
扛着一面破旧的旗子
一路歌唱

他是不是就是我
或者
我的爱人

忠　贞

远行的那人
随便捡了块岩石
歇歇脚
他不知道这岩石已经等了
几千年
这岩石因为等他
才成为岩石
他不知道只歇歇脚
就继续赶路
只有磕下的泥灰
在岩石边
和岩石一道
目睹暮色中
远行的那人
黑色的衣衫
在风中舞

这时的岩石不知道
几千年后
它会被搬去做纪念碑

碑下是远行人

坚硬的

头颅

究 竟

站在大地的边缘
为什么我总是
那一个

把骨头拆开交给火
一根或全部

在这温暖的墓底
谁在哭
为这文字
未曾出口
谋面
壁上冷冷的
凝视
谁是
早为我准备好的镜子
以一滴泪
映出
身世

麦芒上走着的
春天
怎么知道
那双雕刻的手
转眼已是
沙砾　尘土

罂粟花火样盛开

千年之后
那烤火的人
会不会问
哪一根燃尽的木柴
是爱人
今天的
骸骨

礼 拜

佛前
总会有这样的遗漏
那个面影
波光一闪
从指间
锁回心底

我该如何
点亮
向上的水滴
又该如何
轻盈踏过
灰烬
那波澜的
碎银

四野肃然

这个时辰
又谁绕至

身后
扶着烛烟

如轻触
礼拜者
微颤的
指尖

2006 年 12 月

永 生

已经足够地
静

天上的炉火
渐渐熄灭了
彤红的面影
行云不走
青山入梦
已经足够
可以聆听
可以察看
来自心底的
呼喊
在前往救赎之前

在前往救赎之前
必须攒够
起飞的
脚力

此时
这样的夜
一些人老
一些人生
另些人获得

永寂

2006 年

乡 愁

有一首歌
我们反反复复地唱
一代又一代
这首歌没有名字

大海咆哮过后
浪花熄灭了
面对空寂的滩岩
海底升腾起一种音乐
于喧嚣后　有无间
水冲上来　又跌下去
带走些什么　遗失些什么
反反复复
这个过程就像那首简单的歌

沙哑的号叫静寂了
才会有如诉的声音
请注意在一切喧响里
保有自己良好的听觉
仔细辨认

延续在不同年代里的音乐

这也许就是那首歌的名字
从生到生
从开始到
开始

指　环

我把一枚薄玉裹在
一枚茶叶里
再把我左手的戒指取下
投入水杯
两个重量我无法称量
我不知
犹如
我对你的爱在哪边
或者举在手里的
哪个更重一点

我把指环吞下
它顽强地占领我的胃
玉把我的心切成
两瓣
一瓣分你
另一瓣你也可以拿去
它是完整的一颗
全部是你的

但是什么痛着提醒
身体的暗处
那枚无法消化的戒指
卡在了盲肠里

刹　那

有谁知道
是否还有庙宇遗失在
那个渡口
罕有人迹的道路
又怎知道
来自心内的疼痛
呼吸的起伏
曾经的睡与醒
命运中错失的机会
许多人膜拜的事物
他们下跪时心灵的
乞求的活动
如此地近在咫尺
可以触碰
是的，我站在这里
遍野是
可以俯瞰的
高楼
删掉庙宇的城市
吊在半空的身体

心脏

空无所系的殿堂

他们仍祈祷

双手合十

但已是对着

另外的事物

神的背后

到处是移动的躯体

如此迅疾

迷惑与得救

都变得瞬时、速朽

沉沦、上升

或屈从于更为强大的

掠夺的

力量

这个时代的巨柱或

雕像

2010 年 3 月 30 日

低　语

我越来越喜欢
微小的事物
湖水上的晨曦
船桨划过的
涟漪
蜻蜓点水的微澜
在我心中
不为人知的
汹涌的
波浪

我越来越接近
幽暗的事物
旧城墙斑驳的皱纹
沉思于暮色中的
古寺
手背上香炷的灼伤
尘灰缓慢地下降
好像只它们才能引起
我的共鸣

我越来越热爱

软弱

胡同口独坐的老人

偎在母亲怀中

熟睡的孩童

晾台上洗旧的床单

拐角处佝偻的背影

一只无力的手上

扶着的

吊瓶

我沉湎于

正在消逝的一切

一枚离开树枝的

银杏叶

子夜撞钟回荡的

声响

铁轨义无反顾

去向的

远方

曾经自由无羁的原野

成片的土地

被翻盖成了

楼房

我如此羞怯地
想着
那些细枝末节
那只试探地伸过来的手
（尽管中途它改变了方向）
那被目光无数次眷顾的
脸庞
（它还是被捧上了别人的胸膛）
一颗泪珠砸向
尘世
这句只说给你的话
仍然堵着
我的喉咙

我越来越倾心
一粒种子破土的冲动
一滴雨倒立着
回到天上
一声啼哭
划破夜空
群山缄默排列成行

是的
喃喃低语中
我越来越与那些
人们忽略的
事物
相像

2014 年 10 月 10 日

微 尘

你是不是看见过
从土路到公路到高速路上
飘过的
微尘

你是不是注意过
从乡村到城镇
再到都市中
沉浮的
命运

你是不是使用过
被称为俗话、俚语、乡音的
带有故里烟火的
语言

你是不是在意过
藏在那些挣扎、生计
艰辛的汗水与泪珠中
悲苦的

精神

你是不是仍在喜欢
这个已变得嘈杂、拥挤的
世界
犹如一个诗人
妄想
紧紧攥住
空旷的荒原之上
无家可归的
微尘

2015 年 1 月 23 日　深圳

或有无尽的可能 / 在纸的苍茫 / 背面……

迟暮的花 / 久酿的蜜 / 燃尽的 / 柴 / 行走于途中的 / 闪电 / 或有无尽的可能 / 在纸的苍茫 / 背面……

此 刻

此刻
你指给我看的
大海
已经平静
下来
此刻
鱼翔浅底
礁石突立
你不在礁石
之上
你在
哪里

此刻地铁
灯光转暗
车厢沉寂
突然来临的
静默
好似时间
被谁裁掉

此刻
被拿去的
这个瞬间
你不坐在我的
对面
你在
哪里

此刻深夜
我对人生的
奥秘
并不全然
了解
比如
血与钙
骨
密度
爱或
苦
此刻车行
南京合肥
膝上纸笺
已缀满

抵达的

珍珠

此刻夏至

字句汹涌

繁华无尽

此刻

你不在

我的

纸上

你在哪里

隐身

2015 年 5 月 28 日　南京至合肥高铁

同　路

我须按住
按住
西风
尽管它比
刀子还硬
长驱直入
险些刺破
我的
喉咙

我须抓住
抓住
闪电
尽管它
自由飞奔
下个瞬间
穿过肉身
绝无商量
暴力劫持
我的

灵魂

我须握住
握住
水
比闪电快
比西风软
尽管它
苍白无色
从不留痕
存在只为
消隐
流逝是它
停顿的
别名

我须攥住
攥住
沙
尽管它
盖地铺天
无畏驰骋
这一粒

昂首阔步

正值华年

或许正待与我

相认

一个勇士

我的

前身

2015年7月4日

古　寺

台阶
已四顾无人
看沉沉暮色
合围
那些山峰我不想
我不做占领者
不占有、不征服
那么我是
过客
也不
这个傍晚
只静听
松涛
低诉
黑下来的夜
月光漫上
脚面
我想着你的
那一滴
泪

同样的夜

它如何寂然

滑落

想着如何

翻动你的身躯

擦拭

穿衣

入殓

想着你

佛一样

肃穆

婴儿一般的

柔软

顺从我的

触摸

古寺端坐

如今和我

一起

在暮色中

想你

那滴泪

是否换作了手上

念珠中的
一颗
或者
它
早已
形单影只
遗落在
这个尘世
沉默、受孕
萌芽
成为另一个
你

如同佛
当我如一枚
种子
种入
大千
因缘
历劫不灭
生生往复
经受无尽的
轮回

不喜
不忧
不惧

今夜
你仍不在
只有
山上的古寺
盛着舍利
如收藏
我一刹的
心念
或者前世的
秘密
和
由来

2015 年 8 月 8 日

肉　身

该如何

安处

这具肉身

放空

交付

为将来的火

浸它于水

琴键追逐的

余音

像一句诗的

飞奔

最黑暗　最沉寂

最缩减

犯下僭越的罪

虚构它

再解除

节制

规避

放纵

顺从

涅槃

游走的光

落日的

灰烬

这一刻

无法再现

寂寞难言

迟暮的花

久酿的蜜

燃尽的

柴

行走于途中的

闪电

或有无尽的可能

在纸的苍茫

背面

而你是谁

谁又是

你

御风而至
手扶
山峦

无名的神
恪守的
宫殿

2015年11月22日

重 逢

我如何能够

细数出

事物的精微

低俯的草

长风中的楝树

诵经的灵魂的

美

我如何能够

说出真相

或者与之接近

地心的热

旧瓦上的云

一粒沙和

一颗星子

在我胸中所占的

比重

我如何能够

描绘

雪莲的重蕊

婴儿的熟睡

青袍上的暗影
冰下的
水
我如何能够
画出
隐遁的翅膀
看不见的飞行
犹如说出
自由的
空、无
它的由来、面目
繁复与轻浮
我如何能够
在放下笔的时候
写出永恒
而后屏息
静听
那匹马
前来的蹄声
我已写了那么多
歧途或
陌路
又如何能够

错过
一个我骑在马上
与纸上的我
再度重逢

2016 年 12 月 12 日

长 风

长风
你从哪里来
告诉我你经过的雪峰
它的名字
还有拥抱我时
你携带的寒冷
出自哪方湖泊的冰凌
你的来路我一一走过
但我已不记得
雪峰与湖泊的
姓名
或者
告诉我
长风
你的咆哮里
是哪场雨前的雷电
跑进我的眼帘
是哪座高原
任你驰骋而过
哪些弯腰俯身的灌木

接受你粗砺的抚摸

告诉我

你席卷而来的呼啸里

裹挟的草木

跳荡的音符

告诉我

那最高亢也最低沉的

是谁的呼号

是哪一代歌王

站在山岗上高歌

长风

告诉我

你的来路

让我看到你的风尘与灰烬

你途经的圣殿

让我触到

洁净的空气

火与水的纠缠

告诉我

那个背着行囊走路的人

他来自哪里

在哪一条岔道

他重又变得孤单

告诉我

那两行车辙远行的方向

它们又消逝于哪片空茫

长风

或者还有一声叫喊

被粗暴的汽笛撞断

一个缓慢的手势

被疾驶向前的车轮打乱

那一张张面孔

一个个身影

来自哪里

又急忙往哪里去

他们的神色

为什么那么慌乱

告诉我

谁人葬礼上的一声长叹

与谁人怀中婴儿的呼吸

奇迹般接通

长风

长风

你见识过两棵相像的树木么

你见识过大地的干涸

风土的养成

你目睹过果实最美的成熟

出自哪方土地

告诉我

在哪片天空下

爱语在耳边

丝丝缕缕

像小小的火苗

灵魂的战栗

长风

告诉我

你的行踪之上

那些纷至沓来的故事

没有结局的开始

那升上高空的

是谁将手中的焰火点燃

告诉我

那些拔地而起的城市

闪着什么样的光泽

那些安谧的乡村

旧衣上的寂静

告诉我

那些决绝的背影

掷地的话语

溅起的泥泞

告诉我

那些行人汹涌的路段

是谁催他们一再加速

又是什么蒙住了他们的

双眼

告诉我

是什么样的坚冰

覆盖了水的起源

是什么样的水

将心田的禾苗浇灌

告诉我

原野之上的雪

它们沉默了多长时间

告诉我

寒夜里这碗粥的来历

小米、大米、玉米、薏米

它们生长的地域和年份

告诉我

谁将它们收获

谁将它们熬制

又是谁将它们种植

告诉我

那手捧鲜花的少女的羞涩

告诉我

那被婴儿吮吸时为母的温存

告诉我

那执火穿越黑暗的人

如今去了哪里

长风

若你见他

请向他表达我的敬意

长风

最后

请告诉我

你漫长的履历

开始的地方

那里曾草木葳蕤

气血丰盈

正像时代的故乡

张着怀抱

却一直后退

长风

如你一样

我们已无法掉头

那被称作故乡的地方

是再也回不去的

地方

长风

这邮票大的地方

像一颗

小小的

心脏

长风　告诉我

它的跳动

今夜

是如何紧紧地

贴着我的

胸膛

2016 年 12 月至 2017 年 1 月 15 日

诞 生

我渴望看到
诗人的
面庞
当她写下"爱"时的
神情
她的嘴角微微
上移的
弧度
引来
星辰注目
我怜惜
当她写下"苦"
脸上的
不易察觉的
愁容

我爱她轻盈的笔尖
划过纸上的
一瞬
衣袂掠过夜风

宛如寻找一个词的
艰辛
我爱她俯身的侧影
爱她的受孕
笔下的诞生
一如我爱
她的诉说
爱这世上
难以表达的
爱的
疼痛

       2017年1月27日

淬 火

我看见她小心地
把手伸入
矿井
八百米
一千米
还要更深的土层
触到硬的矿脉
直到再也走不动
黑的、沉默的
铁一样的冷光
岩石般坚硬
我看见她
小心地敲击
矿石　拣选
黑的、沉默的
闷的、铿锵的
听它们在隧道里
发出轰隆隆的
响声
我看见她捡起一块

黑的、沉默的
重的、结实的
曾经的烈焰
烟火的纹理
幽闭的灵魂苍老
睡意蒙眬
我看见她手的温度
将矿石唤醒
钻木取火的耐心
点燃、还原
将烟变火
星光四射
而我最想看见的
是她如何
将火种
从地心取出
以一种洗礼的仪式
完成淬火
再将亘古的疼痛
揳成纸上的
一枚枚
铆钉

2017 年 2 月 9 日

纸　上

那纸上出现的
丘陵、湖泊、海洋
是谁人的建造
偌大的花园
蔷薇丛前
提着裙裾漫步的她
长椅上散落着
诗稿
那一行行字是
谁人的缔造
是谁轻握她的手
写下这一句
而不是那一句
是谁借助她的笔
在纸的荒漠上
滑翔出
绿意
谁使风吹
湖水涌动
微澜的低音

谁在聆听

而森林之中

漏下的点点阳光

必定有其深意

正如纸上

忽明忽暗的

话语

它如约前来

也稍纵即逝

一如

灵光的

葳蕤葱茏

2017年2月13日

所　爱

我爱窗外小小的银杏树林
它们在浅湖中投下的单薄倒影

我爱你笑中的泪
和一小片阳光停留的脸庞

我爱蓝色沉入黑暗的次晨
天际出现的一抹曙光

我爱雪地上的两行脚印
湖面的薄冰光滑如镜

我爱那还在林中行走的人
她白色的衣裙轻抚草丛

我爱这十指环扣的秘密
它沉默的话语不止一次教我心疼

2016 年 8 月 10 日至 2017 年 2 月 22 日

**我还不能距一朵花蕊 / 太近 /
它的香气里藏有 / 我的灵魂**

推杯换盏 / 谈话间 / 后山杏花已落 / 这个片刻 / 我唯恐漏掉 / 和错过 / 那么多的春夜 / 流沙一般 / 放它过去 / 从手心

是的 / 后山 / 我还不能距一朵花蕊 / 太近 / 它的香气里藏有 / 我的灵魂

省　略

我只见到最
小的部分
小到小于一
比如最微弱的
火苗
最细小的
沙砾
暮春
一阵风吹过的
枝头
最小一朵樱花的
最轻微的战栗
由此我必得省略
根须
那庞大
无边的宇宙
省略茎干
运输
工具
还有枝丫

它们的话语

太过嘈杂

不够静寂

我只听到最

静的部分

静到

伸出的手臂

将这一束微熹

从暗色中

剥离

放在噪音之上

停止思想

连时针也删去

静,再静

屏住呼吸

把花香交还给花

把我交还给你

2017 年 3 月 21 日

后 山

后山的杏花
开了
我还不能
分辨它的
五瓣
粉白
正如没有你的
这个十年
血仍奔流在
赭色的树干

推杯换盏
谈话间
后山杏花已落
这个片刻
我唯恐漏掉
和错过
那么多的春夜
流沙一般
放它过去

从手心

是的
后山
我还不能距一朵花蕊
太近
它的香气里藏有
我的灵魂

2017年3月25日

抵 达

那时,涛声近了
淹没尘嚣
那时我不知道它
就是无尽
在太平洋的一隅
海岬
沉静
发出邀请

那时,我们的房子
建在浅滩
窗外山川铺展
如卷轴
刚刚绘就
风景迫不及待
跃出,峰峦
起伏
静水深流

那时的你

年少，消瘦

神色冷峻

身着藏青色的衣衫

埋首于一部书的

艰涩

偶尔抬头

镜中，另一个你

风华正茂

眉清目秀

如画里

江山

那时，没有方便面

也没有车马喧

春天收麦

秋季种豆

松鼠在树下怀抱坚果

瓷器在厨房闪着光泽

庭院里一切井然有序

每把椅子都有

它的主人

那时刹那与

永恒

还没有隔断

灵与肉

天与人

也不曾严格区分

那时

心有无边的广袤

星宿照耀

烈日灼烤

风的狂野

不惧浩瀚

那时，江山

无尽

涛声回环

而那时的我

也正徒步银河

为你降临

2017 年 2 月 27 至 28 日

十 年

也许真的能够返回
折身至一片叶子
之中,筋脉消瘦
强韧,可以历经岁月
之长,返回悲中之喜
沉静之深
肃穆
庄严
苍穹之下
不可能有两片桃叶
面目相同

而相似性
又多少众人
公认
但,也许
也许真的能够
返回,在严苛
之外,时间之外
缓慢之中,微雨

轻风,可以触碰
可以勾描,房舍
之心
于寂中之悦
领受真的
宝藏,领受极地
之上,那光的
照彻,全然
无畏,温柔地
抹去重创

2017 年 4 月 25 日

少　数

一直以来
我被称为
少数

只因在男人中
我是女人
在女人中
我是
诗人

或者倒过来，在男人中
我是诗人
在诗人中
我是
女人

2018 年 2 月 7 日

讯　息

细雨打湿的瓦楞
木榫的接缝
攥在手心的石子
午后湖上的波光
你树荫下的侧影
翅膀上的风

它们已为多少人
经年歌颂

不像我对你的爱
始终深藏
虽然它的讯息
也会偶尔闪现

于万物之中

2018 年 6 月 24 日

驯 鹿

他们说
那时，敲响
桦皮桶
就会有一只驯鹿
听到呼唤
跳跃前来
从雪地
森林崎岖的
深处
驯鹿总能
循着乐声
找到它想见到的
同伴

他们说
那时，寒冷
呵口气会结冰
但石蕊、问荆
和蘑菇
葳蕤茂盛

无论阿穆尔、呼玛或阿巴
还是从来叫不出名字的
河流
都能找到
驯鹿脱去的
冬装

他们还说
驯鹿冬季受孕
春天产仔
迁徙途中
幼仔长大、奔跑、强壮
母亲适时告诉孩子
谁是天敌
何谓自由

那时的他们
不知兽医、疾病和猎捕
不知国际驯鹿会议
每三年召开一次
更不知他们的讲述
已声音低沉
如歌似梦

而传说中的驯鹿也已
渐行渐远
背影模糊

2018 年 7 月 30 日

竹 林

车过杜甫墓
一车人只剩下她一人
不去看他被打捞上来的地方
她拒绝认领他的肉身
前年她去看他出生的
窑洞
人影幢幢到
空无一人
山谷的樱花困倦于
沉沉暮色
某个短讯
轰然而至
一侧是陪伴她
慢慢走着的父亲
被风吹起的白发
与一侧低伏的
芦花
相互映衬

"感时花溅泪,

恨别鸟惊心"

千山良田与她独对
于黏土中捡拾
他骨头的人
如今更爱眼前这片孤寂的
竹林

2018 年 9 月 2 日

寺　中

我还记得

秋天的寺庙

落了一地的红叶

经幢旁

他们留影

我站在空寂的

台阶上

听不知哪里响起的

吟诵

立得久了

脚生了根

渐渐明了

落叶的英勇

经幢间

他们挤挤撞撞

我独寻

吟诵的来处

一路陪着我的
她的声音
自满车厢的轰鸣
发出尖锐的寂静

十年后的今日
我还是
遗失了她
只记得寺中
叶落
秋天周而复始
美的事物
的确长久
却又总在
丢失
正如美本身
独一无二
却又总会
被人窃取

以各种之名

2019 年 9 月 9 日　郑州

听 觉

我要在一堆公文中
找到鸟的叫声
文字的连篇累牍
也无法掩盖它的啼鸣
但究竟是喜鹊还是
一只杜鹃
仍须悉心分辨
接下来的字里行间
我要找山楂或是芍药
它们盛开的容颜
那原本的面貌
早避开了人的目光
或者是他的
视而不见
让我一定要把
它们找到
白色、浅红
来指引我吧
以你的明灭
如星

现于黑夜

现于你明眸一瞥
万籁俱寂
现于隐身和时间
暗藏的陷阱

我听到了鸟的叫声
在成吨的纸张还原后的
一小片丛林中

2020 年 5 月 16 日　北京

放　生

我曾试图描述

松柏的香

樱桃的味道

布谷早晨的鸣叫

你一瞥的心会

微微含笑

我为什么要用语言

将已发生的

再说一遍

我为什么试图将其禁锢

要将之锁进

笔画的牢笼

是为爱之留存

还是为了将之据为己有

爱

难道不是全然的放手

不羁的自由

2020 年 5 月 20 日　北京

明　白

我对这世界懂得的
还不如
对这世界的道理
懂得更多
我叫不出对面
这棵树的名字
果实　它的种子
来自哪里
却知道的是一些
不值得知道的东西

我其实还不如
桃树旁边的桂树
更了解桃树
我只知摘下它的叶子
夹进书里
而它孕育、开花的秘密
我知道的并不比
一株桂树
更多

我知晓太多的道理
而关于一株桃树的
花期
我又何从知道
如果不是桂树
轻声　俯身
向我
低语

2020 年 10 月 15 日　北京蔓兰酒店 205

评　论

当我们谈论世界文学时，我们在谈论什么？

世界文学，不是东西方文学的总和，它注定还有一些别的什么，那些还没有形成文学系统与文学写作的，还没有被我们肯定，被我们认识，没有引起我们注意，但切实构成并改变了我们的东西，比如想象，比如虚构，以及虚构所依存的无垠世界和我们的有限认知。

世界本身已是一位巨大的"原创者"，我们的文学"原创"只能基于对它的描摹与速写之上吗？

不是。

意大利理论物理学家卡洛·罗韦利在他的一部著作的开头，回顾了 20 世纪之初——1905 年他的一位伟大同行向《物理学年鉴》投去的三篇论文，第一篇讨论原子的存在，第二篇奠定量子力学的基础，第三篇提出狭义相对论——三篇论文中的任何一篇都能使论者本人获得诺贝尔奖。我在说出论文作者的名字之前，在座诸位已经猜到。是的，爱因斯坦。《爱因斯坦文集》第一卷可以查到包括卡洛提及的 4 篇论文：1905 年 3 月完成的《关于光的产生和转化的一个猜测性观点》，4 月完成的《分子大小的新测定法》，5 月完成的《热的分子运动论所要求的静液体中悬浮粒子的运动》，而狭义相对论是 6 月完成的《论动体的电动力学》。且不说 1905 年的 3 月至 6 月间爱因斯坦可观的创造力,相比于此后他的研究,这些可观的创造力似乎都在为另一理论做着积淀,十年之后的1915年11月,广义相对论破壳而出,以至同为物理学家的列夫·朗道称其为"最美的理论"。如果用最通俗的话来解释广义相对论,它大约由这样一些句子构成——

引力场不弥漫于空间,它本身就是空间。

空间不再是一种有别于物质的东西,而是构成世界的物质成分之一,一种可以波动、弯曲、变形的实体。

这些看似胡言乱语的思想,在距今整一百年前的1919年被一一证实。

世界由于一个科学家,重又变得绚丽夺目。这个世界里有发生爆炸的宇宙、有坍塌成无底深洞的空间、有在某个行星附近放慢了速度的时间,还有如大海般无限延展的星际,它们都和一朵花的开放、一棵树的生长、一声婴儿的啼哭、你我间愉快的交谈同在一个世界上。当我们出神于这些变幻莫测、惊喜无限的景象时,那变化着的宇宙也同时与我们心中的曼妙图景形成对称。没有爱因斯坦,我们的文学,可能会是另一个样子,因为我们眼中的世界是另一个样子。当然,爱因斯坦没有改变世界——世界还是它本来的样子,爱因斯坦改变的,是我们看待世界的态度,简而言之,他改变的是我们长久以来对于世界的因循守旧的看法,他改变了我们的世界观。

由此,世界不再僵化板结,而是灵动莫测,世界不再清晰可辨,它呈现给我们瑰丽多姿、惊世骇俗的"容颜"。这是20世纪的科学所带来的大翻转。这个爱因斯坦式的翻转，重新引爆了文学的想象力。就此意义而言，如果没有20世纪的爱因斯坦，就不可能有21世纪中国的刘慈欣和《三体》，也不可能有科幻文学的今天。

当然，科幻小说并不是20世纪唯一的受益者。安德烈·塔科夫斯基的电影《安德烈·鲁勃廖夫》中，我们看到艺术对于空间的无穷性的探索。电影的可见部分是故事开端——一群人绑紧火堆上方的气球而企图飞起来的狂乱，农民飞行家叶菲姆希望通过这种原始的办法脱离地面却最终跌落在地。那是一个包括农民都生发着超拔的想象力的年代，重重地摔落在地的这种现实的失败并不能够阻拦艺术家的想象发挥；在《镜子》中我们看到了由梦境、照片、诗歌多种元素共同串起来的对于母亲的回忆，这种将时间之镜通过空间图示翻转的做法，未尝不受到空间即引力场的启示，而把这种启示发挥到极致的，是塔科夫斯基同样放在今天也极端前卫的电影《索拉里斯》。这部电影改编自斯坦尼斯拉夫·莱姆的小说，它之所以对塔科夫斯基构成吸引，并不在于它科幻小说的外识，而在世界的可知性这种深刻的哲学如何用精确的心理构想获得表达的不一般的路径。他说："对我来说，科幻电影、历史电影和当代电影没有什么区别。……最现实主义的情节（总是编造的），总是空想的产物，而一个真正艺术家的思想与观念总是有关时事和潮流的，它们总是现实，无论这些思想可能采取怎样不可能或超自然的形式。毕竟，真正的现实主义不是复制任何特定的生活环境，而是现象的展开，是它们的心理或哲学性质的展开。"我想，这段话同样适用于物理学，物理学的指向性在我看来，从来不是落地为"物"的，而是物中之理，是在茫茫空间中指向的那个不断变化的永动的现象或规律。《索拉里斯》(又称:《飞向太空》)写了一位宇航员在与世隔绝的巨大无着的空间中的自我迷失与亲情记忆,塔科夫斯基拍摄时,斯坦利·库布里克的《2001:太空漫游》已于1968年发行。库布里克的这部电影今天已然进入电影史与教科书,但是我要说,塔科夫斯基的《索拉里斯》更值得一看,它探索的是人与自我内空间的深层关系,而不只提供人所向往的宇宙外部空间的无垠。

对于一颗星星的见解,哲学家齐泽克说:"……之所以与索拉里斯星体交流失败,不是因为索拉里斯星太陌生,不是因为它是无限超越我们有限能力的智力先驱,和我们玩一些反常的游戏,且游戏的基本原理永远在我们的掌握之外,而是因为它使我们太接近我们自己内在必须保持距离的东西——如果我们想维持我们象征宇宙的一致性。[1]"而针对这一世界本质,一位叫鲁米的波斯诗人写道:

有一颗恒星在形式之外升起。
我迷失于那另一个世界。不看
两个世界,是甜蜜的,融化于意义之中,
就像蜂蜜融化于牛奶之中。(《本质》)

而在另一首诗中,他这样表述:

这一刻,这份爱来到我心中休息,

---

[1] 引自斯拉沃热·齐泽克《内部空间之物》(The Thing from Inner Space)。

许多生命，在一个生命之中。

一千捆麦垛，在一颗麦粒之中。

在针眼里，旋转着漫天的繁星。

鲁米生活于 13 世纪。距今七百多年的诗句里，难道不包含着 20 世纪的物理学家的关于宇宙的认识？！

我现在似乎明白了为什么卡洛·罗韦利《时间的秩序》一书中，在书的三个部分 13 个小节的叙述与论证前，这位理论物理学家都首先引用古罗马诗人贺拉斯《颂歌集》中的诗，每章开头的诗之引用，或许在暗示着某种科学与人文之间古老的相通与默契。要知道，贺拉斯谈论时间的时候，鲁米远没有出生，而鲁米谈论星辰的时候，爱因斯坦之于世界的关系也尚未建立，他们之间，大约都相隔七百年左右的光阴，但是，世界就是这么微妙，仿佛冥冥之中，他们相互能够倾听并且听见。或者说，贺拉斯、鲁米、爱因斯坦，当然还有更多的人，他们在宇宙间的链条不仅从未中断，而且还会延绵无尽，繁星之下，你若仔细听的话，你会听到人类所有包含于创造与想象中的窃窃私语与秘密回音。

科学家告诉我们，我们身边的所有物体都由电子、夸克、光子和胶子组成，它们是粒子物理学中所讲的"基本粒子"。那么，"夸克"一词又来源于哪里？它的出处，当然是科学家默里·盖尔曼的取名，但"夸克"的灵感来源的确是文学的——詹姆斯·乔伊斯的小说《芬尼根的守灵夜》中的一句人物对话中讲："给马斯特·马克来三夸克！"（"Give three quark to Marste Mark!"）又有谁知道这位文学家对于现代物理学的词汇学上的贡献呢？1982 年乔伊斯诞辰百年，《纽约时报》书评专版文章纪念，把乔伊斯在西方现代文学中的地位与爱因斯坦在物理学中的地位相提并论，认为"现代文学如果没有他，将如同现代物理学没有爱因斯坦一样不可思议"。看来一切都源来有自。

我们完全可以大胆假设，在今天成为天体物理学家的人，在几千年前的古代，他极有可能就是中国的老子或庄子。当然，这种假设也有待于证明它的"黑洞理论"。

我们已然知道人类自己在宇宙中的位置，我们真的知道吗？比起以亿为量度的光年纪事，人类的纪事只有几千年，而我们每一个个体的生命，据现代医学估算应有150年。在这样一个有限的生命长度中，人类从来没有停止过对于时间的追问。知道这一点，我们就会明白，史蒂芬·霍金《时间简史》虽然石破天惊，但并非毫无来源，它也是永动的时间中的思想一环。时间在永动之中，没有终结，物理学中，没有任何物体对应于"现在"这个概念。然而我们的细小而强韧的生命，却是由一个个如粒子般的"现在"构成的。那么，什么是"现在"？它的答案也许不必到物理学的著作中去找，普鲁斯特的《追忆似水年华》就提供了很不错的答案。"现在"，它在文学中的停顿，也是虚妄的，但文学通过语言可以暂时将其锁定，当然，它仍在运动之中，文学中所固化的以小时或者天数计量的时间，只是物理意义的，而在这生生不息的时间长河中，哪怕就是"现在"这一刹那，也包含着过去与未来，包含着人类的不可磨灭的记忆和面向。"现在"不可停留，一切时间中的事物无不如此，在《浮士德》的终章，浮士德博士喊出，"美啊，你停留一下"。而时间的停留就是终止和死亡，时间不可能终止，终止的只能是个体的生命，而这时宇宙的生命仍在持续，或者说个体的生命归入宇宙的生命之中,仍在持续。

时间的非物理性的发现,也不是20世纪的专利。早在公元三四百年时,写《忏悔录》的奥古斯丁就说过:"它在我头脑里,所以我才能测量时间。我千万不能让我的头脑坚信时间是什么客观的东西。当我测量时间的时候,我是在测量当下存在于头脑中的东西。要么这就是时间,要么我就对它一无所知。"的确,时间的延续性有形而上学的一面,正如品尝玛德琳蛋糕的下午,它包含了这美味的蛋糕进入我们唇齿之前的漫长过程,同时也包含了普鲁斯特写下这一片段的那一瞬间到现在——我们阅读时所激起的所有个体的不同感受。时间如大海波澜,无休无止。那么,"现在""此刻",就变得如此重要,我们的所言所为,无不在未来的面貌中呈现出来。如果我们承认时间的永动性,那么置于今天的我们无疑是手握未来钥匙的人。

哲人曾言:你给我一个苹果,我给你一个苹果,我们每人手中还是一个苹果。而你给我一个思想,我给你一个思想,我们每人所拥有的是两个或大于两个的思想。想象力也是如此。你能断言《海底两万里》与当今海洋科学与地质科学的观测与发展毫无关联吗?你能判定《小王子》中有关另一个星球的故事与爱因斯坦的广义相对论绝对无关吗?你能肯定达利画中的弯曲的时钟真的与物理学中关于"时间"的观念毫无关系吗?

古人讲:洞中方七日,世上已千年。谁来告诉我,这是古人的发现,还是今人对这曾是预言的过往的印证?!

世界就是无数个巨大的空间,人类目前为止关于宇宙与生命的所有答案都不完全。

除此之外，我们不可能知道更多吗？

在此，请允许我引用昨天午后我们一直在谈论的一位诗人的诗：

当他和我们毫无隔阂

我们却与他相距无垠

对于这个无边无际、充满奇迹的世界，对于已将这一世界落在纸上几千年的文学，作为此时此刻的书写者，我们准备好了吗？文学当然向作家要求很多，但最重要的一件，就是你的世界观的边界。

2019 年 10 月初稿

2021 年 10 月 21 日改定于南京

死去的，活着的
——作为人心考古的小说世界

莫言在《木匠和狗》中，叫已被埋住大半身子的木匠风箱李在土坑里对着活埋他的神射手管小六喘息着说，也好，我想起来了，知道你为什么恨我了。故事到此戛然而止，究竟为什么恨到要叫他死的答案留给了阅读。这部小说，时空跨越，从钻圈的爷爷剪切到钻圈成为爷爷，文本跨越，讲述嵌套着讲述，以字体区分着两个世界，更有——射手与鸟，木匠与狗，鸟与林木——组成的生物圈，从后来发生的结果来看，这圈"索"是链形的，相互依存，相互仇恨，以致相互残杀，落到最底，在找不到鸟的神射手与将鸟栖身的树木伐掉的木匠之间，这时动物都不见了，落到人间，最根本，仍是生存。而生存，有时候，确是你死我活的。这个道理，不知道是不是另一重意思的钻圈。

我曾在一篇谈2002年短篇业绩的文字中提到，文学研究与考古的接近，一种层层剥蚀、纠缠不已、小心求证并悠久耐心的于过程中等待结果浮现的沉湎，一种向社会人心的地面下铲的考古，铲铲向完整的城池接近，却不知哪一铲能够掘到"黄金"，短篇的田野提供了观察与估量的基点，它的地质、土层、结构、筋脉、骸骨、陶片，它的人心之变，城与村，乡与镇，老与病，生与死，孩童与成人。也许再过几百年，有另一些文化人类学者会蹲伏于它的遗址前，言说争辩，复生还原。而我们今天所做的一切记录，不过是一种素材的累积，一种经由现实直至人心的描述和提纯。

　　作为人心考古的小说世界，并不意在取消小说的自性，它的创造的另一根本，也在观测与估量，只是它用的尺寸是看不见的，它得出的东西也难用量度结论，文学是人学，这一点，大约也包含了文学与人类学的叠合处，只不过后者是对于"已死"的归纳与核对，有绾结的意思，而小说却言说"活着"，只有讲述，没有盖棺。所以前者保持着它锋利的敏锐，那刀子用得久了，也"杀"人，而且是见血封喉。须一瓜《雨把烟打湿了》用的是利刃，叶弥《猛虎》用的是钝刀。两个家庭，夫妻间，剖开来，手术刀下，筋脉与血肉，或者还有不知觉间成形的毒瘤，切除不了，那刀子似不经意却小心地剔转，还是扩散，生死的场一下子无声，直到有当事人懵懂地问——骊歌，与丁忧？直到旁观者也不出声地惊呼——猛虎！两人世界的亲密迹象就此瓦解崩溃。把里子翻过来，那种不可见的伤痛，你是不是震惊？与人类学不同的是，小说，它不就整体民族、文化模式这样一些大的范畴讲话，它舍却概括与定论，它也考订、求证，有着不亚于学术的细致，但它的考证冲着个人，它提供的是一个个独立又相互关联的个案，最多是夫妻、亲子、同事、家人，它更分散，更错落，更个人。它很少是集团、族类、人种。它也很少在离我们很远的边缘，或发生于与这一世纪毫不联系的部落的原始纪事，恰恰相反，它置身中心，不避闹市，它就蹲伏于我们中间，俯仰自如，像我们内心生活的一面镜子。它一片片的，只待拾掇，拼成图景，一目了然、全知全觉的俯瞰眼光大多数时间是用不上的，于现代、多义的物质化情感生活之上，漂浮的是一丝把握不住也听任自流的犹疑、推拒和不能肯定不能确认的迟钝。

　　这里，没有我们于人类学中期待的异文化，那些于本真生活之外作为某种缺失与精神调剂的民俗，那已是离我们生活太远的事呵——它也正在变成标本，变成纪念，变成不可留住的过去，无论认可与否，它正在过去，于我们的注目下，于我们的火中取栗的勇猛里，它正在变成一种过去式，而它所携有的故事也变作了某种"异"族的体验，与我们的体验隔开，与"本"族隔开，相对于这个热火朝天的本土，它竟成了悄然隐退的异土。真的是有意思。小说就是这样一种事物，它无法轻视现在，于民俗与常识间，它无法对后者不做发言，它与时俱进，热衷风潮，它要切切实实的物质生活，于此之上，它才能书写和测量精神需求。它是现在进行时的。它顽固地将我们的眼光拉回来，拉到内视。它冷冷地注目着这个世上正在发生的一切，一切正在人心中悄然登场。孙春平《乡间选举的乐子》、野莽《赔人》、尤凤伟《冬日》、铁凝《逃跑》，事件在前台，热闹的样子，那人心却悄悄发生着演变、迁移，难以一语说清，权力、权利、奴性、贫穷、盲动，左奔右突地找不到倾泻的道路，人与人之间，个人与群体间，或者同情与承情的累与烦间，都发生了悄然位移。很难道明，那个风雪中裹挟着的怀中揣了一把刀子在河堤上奔下来的主人公的面容，与那个见了昔日恩人却受惊一般于雪山下拄着拐杖一瘸一拐地向山里逃去的主人公的身影，他们两个在哪一个点上有着镜头的叠印？

　　中国有句老话，叫"人心不古"，意在人心之变已大大超出料想的可能，无法回到古时候了。可是有时候，这个"古"字还有一个意思，它是一个标准，那个看不见的尺度。它横在那里，在一些基本点上，有着亘古而今不能变的东西。而我们面对的恰是一个变的世界，横着讲，是已沸扬了的全球化，那个"古"字在它的压力下不可能不起物理反应，纵着讲，是现代性，已不单是理论与纸面的议论，而有着于人心中激变的化合作用，两者内质里有重叠部分，小说于这时的人心之镜，便能照出些较其他时代多一些的褶皱。所以，如果说"古"，《冬日》真的是"不古"的一面，连刺客的职业品质也不能与先秦时的古风相推敲了，还有《小卖店》，它的"不古"，在于妓女的节义也不能与历朝代的行规相比拟了，而什么是"良家"却是重重的一问，那种总以自己认定的模范为标准而规避他人以彰显其优越的人，可以在另一重意义上称为良家吗？真的是旷古的一问。艾伟这部作品中的两个女人，细读的话，结构与人性上和叶弥《水晶球》中同爱着三三的杜阿汀与吴敏达之间，莫言笔下的木匠与神射手两个男人之间，有着生存意义的微妙对位，只是她们的争夺更碎裂，也更内在。

说到考古的"古"字，还是有活着的人和事。在繁华世上仍保有古道热肠的人不是没有。叶弥《水晶球》中的两个男人，石舒清《表弟》中的那个男子，或者还包括还可算上有情有义的"大老郑的女人"，无论友谊、爱情还是生存，都本心而动，不枉为性情中人。苏童《骑兵》与石舒清《表弟》写了两个表弟，却不同水土，可以比较着读。王安忆《发廊情话》与艾伟《小卖店》均涉及发廊业务，却也是相异风情，刘庆邦《离婚申请》、何玉茹《杀猪的日子》、魏微《大老郑的女人》都写到浅浅淡淡的婚外情，却能咂出不同滋味。红柯《披着羊皮的狼》与王松《雪色花》，一个写人与狼之间的斗智，一个写人与人之间的相残。写狼的，是猎人手握狼尾烤火，他终失去了一个长期对垒的对手，这种失去也拿走和掏空了他的一部分生命感受；而写人，在交出的机械论文后面却埋藏着人与人之间的不结与不洁,把这个故事放在"文革"期间去写,人性中的多面性真的能很赤裸地展现。死与生,就这样纠缠在一起,互不相容的,却也首尾衔接,水乳交融。不太一样的,是范小青的《钱科钱局》,文字相当洒脱,写人心到了细发地步,也只能是南方女子才可能有的叙述。喜欢有种超拔气息的文字,却也不避人心的细处,于最细最深的地方,有一种洁净的灵息,不摇不动,以最强的温柔坚守。这样的坚持,还有郭文斌的《雨水》、傅爱毛的《小豆倌的情书》,一切优雅而纯美的内心,都因为有着不动不摇的坚持而蒙上一层与这变动不居的世界有着隔离的水雾,它透明,清新,却也转瞬即逝,不知还经不经得起长久?

也是一种"古"吗?于已变化太多的世界里拥抱着自己不肯轻易示人的古心。只在某个时辰,怦然一响,随之归于寂静,仿佛不屑让吵嚷的世界再次听到。

所谓本土,不是一个概念,而是一个现实,于问题出发,人心出发,可见其于缝隙间受到的压抑和因之压抑所表现出的扭曲,时间上,它是带有特性的,这个时间与上个时间或者下一时间人心所面临的问题可能会不一样。而就历史而言,它又是每一民族必面对的共性问题,这一点,人心与本土恰恰构成一致。近年来,我愈来愈认为小说是半文学风格的人类学话语,它关乎社会人心的最个体的经验,为人类学内部的核"芯"发展提供了太多的例证,这个没有范式的模糊文本,这种现代写作面目展现的修辞,这种不是与世隔绝的社会研究,而是对日常生活细致观察之后的问题记录,这种亲察式的微观实践,于最个体最基点上的对人性人心所完成的注释,使文化与个人的辩证法得以于一个更其繁复的世界遭逢考验。小说之可贵,在它不是"异"的研究,而是"在"的研究,不是"将死",

不是"未生",而正是"存有",正是"现世",这种"研究"不只冲着别人、他者,而实在是包括"研究者"自己在内。它是"活着"的研究!人们说,小说是一面镜子,除却它的社会意义外,还包裹的另一层,便是它还能照出写出它的那个人的一部分面目。

以下引用三节论述,或可对上面说下的话提供一些其他学科的参照:

……心理动力文本中的当代实验,不是以证实陈旧的心理学理论为企图,而是以话语的展示为标志的。它们展示的是,经验、情感和自我、梦境、回忆、联想、隐喻、曲解及移置方面、移转和强迫行为的重复性自我反省。所有这些,揭示了现实的行为和观念意义如何反映、对照公共文化的形式并为其所掩盖。这些心理动力文本比任何其他种类的当代实验都更为强有力地论证了民族志如何能够围绕着个人的概念和本土话语对情感的界说来进行改造,从而为揭示所有社会的文化经验提供最透彻的洞见。

都市民族志的芝加哥学派,是在芝加哥大学社会学系发展起来的,它同样地充满纪实的精神,倡导参与观察法,指出统计学的方法虽然必要,但有些肤浅之处,这个社会学研究机构还致力于个案研究(case studies)的探索。有一些芝加哥学派的都市民族志研究,对其研究对象太过于认同,研究过程也表现得过于凭感觉,并缺乏客观的态度,而更多的研究简直不合乎研究目的的理论假设。尽管如此,芝加哥学派的研究为探讨社会流动、邻里承续模式、地方性社区组织、从欧洲或南方进入工业城市的移民过程以及文化霸权和控制的竞争的象征场域(symbolic arenas)等问题奠定了基础。在绝大多数美国人都意识到的社会剧变时代，此类民族志研究具有浓厚的经验性，并十分注意日常生活的详情细节，它们以具体的描写对当时人们急需要了解的社会状况加以分析。

一致性的"中国民族性"并不存在。所存在的是中国的余留传统（residual tradition）和新创传统（emergent tradition）、历史与现代、本土与外域生成并组合成的社会与象征景观，以不同的路径影响着不同中国人的生活。与此同时，存在着这些社会、文化、象征的资源被不同的社会时空坐落中的中国人运用来建构他们各自的社会定位和自我定位。

前两节文字，语出乔治·E. 马尔库斯、米开尔·M.J. 费彻尔合著的《作为文化批评的人类学》一书，引文出自生活·读书·新知三联书店1998年王铭铭、蓝达居译文第83、178页。第三节文字语出译者之一王铭铭著《文化格局与人的表述》，引文见天津人民出版社1997年版，第91页。虽然旧年里事关译与著的考辨争议不绝于耳，学术规范的增强严求的另一面，也不能抹去一个人在传译间所做的贡献。引在这里的意思是，上述三节确利于我拿来补充对当今小说写作的理解，短篇不因它的钵之小器而只盛下风花雪月，钵钵相接，五谷杂粮，可能正是成型中却为我们所一再忽略的某种民族志，今天的它，没有理论之框囿，恰是走在自己的路上。

是为记。

2004年1月5日

内心火焰的闪光

南帆在他的一篇文章中,引用了伍尔夫的一句话,"不惜代价来揭示内心火焰的闪光"。因为熟悉伍尔夫,读时只见一句,却知是她谈论乔伊斯时说的,说此话在1919年,文见《论现代小说》,九十年前的这句话的前后文是:Mr.Joyce is spiritual;he is concerned at all costs to reveal the flickerings of that innermost flame which flashes its messages through the brain, and in order to preserve it he disregards with complete courage whatever seems to him adventitious, whether it be probability, or coherence, or any other of these signposts which for generations have served to support the imagination of a reader when called upon to imagine what he can neither touch nor see.

这是一个作家评论她当时代的另一个作家的话。

九十年后再读仍然怦然心动的另一个原因,是它同样可以借用来言说评论。"不惜代价来揭示内心火焰的闪光",何尝不是这六十年来中国文学评论走过的历程?!

而这一点,或多或少,会被我们时光中大量的阅读所漠视不见。

一

　　文学评论是针对文学作品、作家创作、文学流脉乃至文化现象的一种极具文学创造性的说理活动。无疑，这一性质决定了它应该成为它言说的当是时的一种思想标准。但是往往，我们在成长中只看到了说理、思想或者标准，却独独会忽视掉那个"文学创造性"，忽视掉那个由内心发出的"火焰的闪光"，由于这个遗漏，造成了对于评论的误读，以为它就是一些个条条框框，就是一些"坚硬的道理"，而无缘亦无关乎个人的性情。

　　当"六十年"这个概念也如三十年一样渐渐热起来，当对于六十年的文学评论所经历的争议与疑义，随着时间的流逝回看而有梳理的需求之时，我的内心也并不是没有一丝犹豫，当然，可以说最终打消了这犹豫的是南帆文中的那句引文，穿越九十年的光阴，它摇曳而来，点亮了我内心的火焰。从学理上看，时间的断代，从来不曾严谨，六十年的概念，对于此书[①]编选，文化的意义仍为主体。这一文化进步的长路，我们共同经历。六十年，文学评论浩如烟海，本书所选取和能够呈现的是这漫漫长路中的思想解放的主线，在选择历史中的文字时，我要求自己遵从于这一主线，也就是说，我想选择能够代表这六十年来中国文学评论领域不断解放思想而又在各个时期反映、呼应和引领文学与文化乃至思想进步的文论。辑在一起的这一部书，因有了这条主线和在思想解放中不遗余力、不

[①] 本文首发于《新中国六十年文学大系·文学评论精选》。

惜代价的说理的文字与充满创造力的个人，文学评论才可能有今天的面貌。或者可以说，文学与人，才可能有今天的面貌。

文学与思想的各个进程，评论参与其中，比如"人学"之说，比如"现代派"之正名，比如"向内转"之内视，比如"寻根"之回头看，比如"全球化"之剖析、"本土"之辩解，处处都是文化思想的渗透，社会语境的浸染，上下，左右，文学在六十年各个时期所呈现出的不同风貌，都需各个时期的评论家做出及时的判断，于此间，评论家的艺术水准、人格修炼与文学一样，也同样经历着时间的考验。

但是对于当代文学评论，不少文学中人仍有误读，就说是思想解放，许多后来者也会偏激或片面地认为，文学评论的思想解放在新时期的三十年。无疑，这三十年，确是文学和文学评论发展较快、思想解放程度较高、各种思潮碰撞相对激烈的三十年，越来越多的专业者加入其中，无论学理上，还是评论形式的创新中都有历史的一份不可低估的贡献。但同样，我以为，若从历史上看，1949至1979年这三十年的文学评论，在思想解放方面仍有可圈可点之处，评论家的勇气与个人对真理发现的创新，每每读来使人感念。巴人（王任叔）的《论人情》、钱谷融的《论"文学是人学"》均写于1957年，这两篇"论"的论证与结论虽在今天已成理论共识，但在当是时的语境中提出，不能不教人看重评论家的锐气。对于"人"的建设，还在严家炎的对"梁三老汉"的形象读解上，有关"中间人物"要不要写、怎么写，人物与时代所呈现的关系这一点，我们今天也已有历史的结论，然而当时却是引发论争的焦点。于焦点、于火力之中，仍有人能够不讳真言、条分缕析，揭示内心的火焰，其言可嘉，当然如此做者，也都付出了代价。就是现在看，个人的代价较之时间中思想的前进而言孰重孰轻，我不好代人断言，但我尊重和敬仰这一种文字的诞生和存在，也正是它们，证明了在文学寻索本体的过程中，文学评论曾为之做出了怎样的贡献。

也同时，由于以上评论家的工作，新时期的思想解放之源便不仅在于时代，而还有一条来自评论内部的涓涓细流，它汇入了时代的新变。

涓流终成大河，陈荒煤对"伤痕"的解读，周扬的《三次伟大的思想解放运动》的提出，朱光潜对于人性、人道主义的重申，谢冕对诗歌"新的崛起"的呼吁，阎纲对"李铜钟"的诠释，冯牧对《高山下的花环》的推荐，还有，王元化对文学真实的思考，徐迟对现代派的感言，还有，蔡翔对文学主体形象的赞叹，滕云对评论主体的呐喊，等等，不一而足。文学评论在20世纪80年代所起的作用，已经大大超过了文学本身。一方面，它引导了文学前行的步伐；另一方面，它也是思想解放进程中承担重要推动力量的一部分。

二

由于想呈现与具体创作相关的文学评论的这一进程，本书的文选，首先舍却了偏重治当代文学史的文学史家的论文，其中有多数是谈论现代文学史或者1949年以前作家创作的评论，包括我敬重的、在当代文学史方面颇多建树的唐弢先生、潘旭澜先生、洪子诚先生，鲁迅研究学者王富仁先生，写出《认识老舍》宏文的樊骏，以及朝《北京：城与人》与《地之子》两个向度掘进，而自身一直以艰难选择的知识者确认的学者赵园。其次，因更重视面对实际创作和具体思潮的评论，本书选文也不得不割舍在文学理论上建树非凡的一批大家，如从不同侧面给予文学良性发展以指导的胡风、徐中玉、陈涌、陆梅林、程代熙、李泽厚、蒋孔阳、陈辽、张炯、董学文、杜书瀛、陆贵山、严昭柱、王元骧、徐俊西、艾斐、王先霈、陈晋、饶芃子、畅广元诸位老师。其三，因更着重文学评论的专业性，本书编选，更舍却了长期以来推动文学创作发展的文学组织者与领导者的文学报告或相关言论、总结，其中包括在文学发展史上占有重要地位的冯雪峰、茅盾、贺敬之、张光年，他们多以诗、文立身，以小说家、诗人名世，六十年中，他们对于文学的参与是立体的，其贡献业绩无须我在此赘言，已远超出了文学评论的范畴。其四，对于当代文学的贡献，还可以列出何其芳、侯金镜、林默涵、江晓天、郑伯农、冯健男、洁泯、敏泽、顾骧、唐因、谢永旺、陈丹晨、刘锡诚、朱寨、李希凡、蓝翎、徐怀中、韩瑞亭、缪俊杰、秦晋、宋遂良、吴泰昌、陈骏涛、包明德、张韧、曾镇南、刘思谦、林兴宅、杨匡汉、何西来、何镇邦、朱先树、陈美兰、李炳银、牛玉秋、於可训、王纪人、肖云儒、李星、孙荪、程德培、李劼、吴亮、李庆西、宋耀良、孙郁、曾繁仁、戴锦华、吴秀明、郭运德、王必胜、潘凯雄、贺绍俊、梁鸿鹰、范咏戈、张陵、王干、董之林、张志忠、吴方、白烨、陈福民、樊星、陈超、丁帆、汪政、晓华、丁东、谢泳、殷国明、耿占春、王鸿生、王一川、陶东风、程文超、赖大仁、杨剑龙、谢望新、朱小如、盛子潮、吴俊、郜元宝、吴炫、王光东、张新颖、施战军、洪治纲、韩子勇、马步升、张清华、李静、胡河清、杨扬、薛毅、王彬彬、葛红兵、宋炳辉、彭学明、欧阳友权，还有更年轻的何弘、李云雷、贺桂梅、邵燕君、李美皆、何英、梁鸿等一系列长长的名单。这里所列,只是中国六十年来文学评论队伍中的一部分,仅凭记忆,难免挂一漏万,但有一点可以肯定,他们在各自岗位,以文论方式参与当代文学的进程所做的工作必将为历史所记住。其中,曾镇南对长篇小说的多篇评论,张韧的《多元化与立体化的探索》对改革题材文学的探索,何镇邦的《改革题材文学的深化》、何西来的《道德中介论》、李炳银的《报告文学论》都对文学创作深具影响;程德培的《被记忆缠绕的世界》、李劼的《高加林论》、吴亮的《马原的叙述圈套》均写于20世纪80年代,二十多年后的今天看,依然魅力不减;林兴宅的《论阿Q的性格系统》、敏泽的《社会主义市场经济与文学价值论》、曾繁仁的《当代生态文明视野中的生态美学观》、刘思谦的《中国女性文学的现代性》、白烨《新世纪文学的新格局与新课题》等文原已入编,终因篇幅之限而放入存目,但它们各从不同方法与角度介入中国文学研究的深广领域与做出的业绩,终会进入文学评论的史册。其五,我在本书组稿时,多次体味因篇幅或体例等各种所限漏掉好文而深感遗憾,如唐挚的《烦琐公式可以指导创作吗?》(1957年),真情而犀利;如邵荃麟的《在大连"农村题材短篇小说创作座谈会"上的讲话》(1962年);还比如康濯的《试论近年间的短篇小说》(1962年)、王西彦的《〈锻炼锻炼〉和反映人民内部矛盾》(1959年)、孙绍振的《新的美学原则在崛起》(1981年)、徐敬亚的《崛起的诗群》(1983年)。邵文、康文、王文均因有与严家炎同类论述"中间人物"的论文,孙文、徐文也因有谢冕"崛起"一文,从时间上取前,从类别上取一,而不得不忍痛割爱。还有,比如"寻根"题下,因韩少功文稍前,且有持续实践印证,而阿城的《文化制约着人类》(1985

年)、李杭育《理一理我们的根》(1985年)、郑万隆《我的根》(1985年)等便只好放在存目中。放在存目中的还有同年——黄金的1985年的季红真的《文明与愚昧的冲突》一文,这篇分上下篇发表于《中国社会科学》1985年第3、4期的论文,论述精彩,行文大气,但因有五万字体量,听从出版社建议,最终不得不从正文中拿去,作为存目。同是黄金的1985年,还有黄子平、陈平原、钱理群的《论"二十世纪中国文学"》,因我的选取原则是注重文学评论的主体性与个体创作性,凡入选本书,必得是一人署名的评论,是故,"二十世纪中国文学"一文虽在学术上开风气之先,对现当代文学研究深具影响,但也仍做存目处理。同理,还有冯骥才、李陀、刘心武三人发表于1982年第8期《上海文学》的,题为《关于"现代派"的通信》,各个信中洋溢着的激情至今读来仍感灼烫。我注意到,20世纪80年代许多真知灼见的评论表述,不少选用了通信的方式,这一形式在此后十年、二十年的90年代与21世纪头十年已销声匿迹。著名的信,还有王蒙写于1979年的《关于"意识流"的通信》。而在此书中,我选的《我所评论的就是我》一文,也正是滕云给雷达的通信。从内容上讲,它提倡的评论家主体意识的觉醒与树立问题,即便放在今天也至关重要,而从形式上看,它的"信文体"也保留了80年代的交往需要与思索征象。当然,还有更多的文论没有收入进来,一一列举已不可能,好在有存目作为补编。

也是在编选前,我发现至今仍没有一部对于几十年文学评论的正式选本,三十年,没有,四十年,也没有,五十年,还没有,而文学的其他门类,如小说、诗歌,或者报告文学、散文,五十五年的选本都还存在,那么,六十年的文学评论选之必要,已毋庸我多言，但字数之限又必须做到删繁就简，所以，存目与选文一样重要。换句话说，本书在存目上下的功夫一点不比花在选文上的少。

三

如果言及这部书的特点，我想围绕文字所呈现的思想解放的主线之外，首先需要强调的，是理论背景。

举要如下：

拨乱反正之后，有关文学创作与文学发展的内涵与评价问题，不仅在文学评论内部展开过深入的讨论，而且，与文学相关的探讨人性、人道主义的文章恰恰最早出在哲学、美学研究领域，本书所选朱光潜《关于人性、人道主义、人情味和共同美问题》（1979年）一文，不仅在时间与思想上成功续接了20世纪50年代由巴人《论人情》和钱谷融《论"文学是人学"》开创的以"人"为本的文学话题，而且正是这篇文章引发了理论界、文学界的人道主义讨论，其对文学创作与批评的内在取向不能不说影响深远。钱中文《全球化语境与文学理论的前景》（2001年），关注到文学理论批评的跨科、分流现象，从文艺作品出发而至社会思潮而至文化研究，于广延的边界中意在呼唤文学理论的主体性。南帆《现代主义：本土的话语》（2005年）虽在其近年论文中不及他对大众文化研究的论文的读者面宽，但它试图考察中国版"现代主义"话语的理论线路，宣布了文化殖民的破产。文中将本土与西方、民族与世界诸种一直存在于20世纪以至当下文学中的大题的一一厘清，并在此基础上找到的弥合而非断裂的解释，或许给了我们一定理论的启示。因有此文，黄子平《关于"伪现代派"及其批评》(1988年)诸文才在此书中隐身而为存目。

其次,是故学新知。文学评论的学理部分或者学术含量,我以为一直是治当代文学的评论者重视的一点。刘再复的《论人物性格的二重组合原理》(1984年),所依据的资源材料多是我们熟悉的作家作品,但文章却将"故学"化为新知,创新性地提出了"性格的二重组合说",大大拓展了我们分析文学的思路;陈思和的《共名与无名》(1996年),所言"共名""无名"两种现象早就存在于文学史中,只是没有人去如此梳理命名,而这一思想聚合而成的内心火焰之闪,使文论既非"照着说",也非"接着说",而成为"自己说"的杰作;程光炜的《王安忆与文学史》(2007年)是研究作家内在文化血缘的非常值得重视的一篇,它所利用的资料也多为我们眼见耳熟,但其论证与结论却多有"无穷出清新"的部分。于此,也印证了文学评论中"重读"的重要。

再次,是问题意识。谈问题,或者由于问题的存在,而有评论,我以为这一直是文学评论所秉承的优良传统。谢有顺的《十部作品,五个问题》(2001年)关涉文学的权威性结论与媒体参与、地域评价,与评论家的知识结构、价值认同、情感取向之微妙关系;胡平《小说八条》(2006年)开宗明义不谈成绩,只谈问题,讲了有关小说创作的八个问题,切中要害;李敬泽《拯救散文伦理》(2006年)一文,从探究"我"在"无用之文"中的隐身意义始,至"一个人围绕自身对世界进行勘探和编纂",引出"修辞""立诚""载道"之大题。评论的精神在于发现问题,并引起文化的注意。于表述中,我们同时可见,评论有从论文化向散文化的游移,文无定法,随性为文。我一向认为,言之有物,写到核心,是难的,而打碎一切定法，见出性情之文，也不必受到论文定法的拘禁与束缚。

最后，是作家立言。本书选文不单限于评论家一"家"之言，亦收入了一些作家的代表性评论，如徐迟、韩少功、王蒙。当然作家中有理论意识的绝非这几人，就我关注的范围，可以举出的有：赵树理、高晓声、刘绍棠。比如刘绍棠发表于1957年《文艺学习》上的《我对当前文艺问题的一些浅见》，比如赵树理发表于1959年《火花》上的《当前创作中的几个问题》，等等，更有张承志《美文的沙漠》一系列长长的名单。这些文章都在一定的语境中领风气之先，言时代所应言。但是，那毕竟属于另一部书的编选，它或可从另一侧面呈现六十年中国文学的历程，有机会，我意愿再做承担，此不赘言。

四

行文至此，好像还有言犹未尽的部分，放在这里，以做备案。

1. 关于与文学关联紧密的艺术评论。李健吾、杜高、钟艺兵、李准、仲呈祥、曾庆瑞、黄式宪、陈墨、尹鸿等均有宏文，在推动文艺发展上功不可没，但因篇幅所限，我初稿仅选取了钟惦棐早年一篇《电影的锣鼓》作为艺术诸多门类的代表。而定稿时同样因所选文字大大超过出版社所限字数，最终割舍。只保留了文学评论的主线。

2. 本书的精神主线是文学评论如何推动和参与思想解放和思想解放在文学评论中的具体体现。本着这一脉络，同样也本着改革开放与思想解放运动为文学创作、文学评论带来了前所未有的发展机遇和创造空间，文学评论的自由空间的拓展，各种新方法、新的研究手段的引入，文学评论家主体意识的增强，都使得这一时期的文学评论获得极大发展。因而，后三十年的评论选取多于前三十年的这一面貌，也是历史面貌的真实反映。

3. 感谢评论家们。我时常觉得，他们都是一些具有无私品质的人，在每一时代，发出他们内心真实的声音，有时，这发声会被淹没在众声喧哗之中，往往，他们的发言并不都是振臂高喊，但是淹没掉他们声音的众声，并阻碍不了他们的发声，于此，我敬重他们的寂寞前行；而有些时候，这发声还会付出代价，这代价有时是长时间的沉默和冷寂，这种状况，在改革开放之前我们的文学评论会常常遇见，但是同样，他们并不因代价的巨大而使自己不站在他们认定的真理和真实一边，他们还是坚持要说出真和美，为此我敬仰他们的勇敢。至今，如果从1986年发表第一篇评论算起，我从事文学评论也已二十二年了，随着岁月的流逝，我愈来愈感觉到，评论家应是得到来自社会与作家尊重和惜护的人。之所以产生这样的想法，是因为较之他们的付出而言，较之他们对文学与作家投入的爱而言，他们得到的爱惜——无论是来自文化方面，还是来自作家——他的对话者方面，均有不足之处，换句话说，对于他们而言，那理解如果深切，那爱惜如果足够，受益更多的将是文学的创造本身。

4. 要特别感谢那些给予文学评论以一定篇幅和地位的文学杂志和编辑们。而以评论为主体的刊物《文学评论》《文艺研究》《文艺报》《当代作家评论》《文艺争鸣》《文艺理论与批评》《文艺理论研究》《文艺评论》《当代文坛》《南方文坛》《小说评论》《文学自由谈》《文学报》《理论与创作》等，可称为第一方阵。它们不遗余力地推出我们时代文化所需要的思索，为我们民族的精神建设做着添砖加瓦的工作。评论刊物还有很多，不可能一一列举，包括在新时期曾做出贡献，后来由于资金或其他原因现在已不复存在的《当代文艺思潮》《文论报》《作家报》等。在此，需要特别提出的是《上海文学》，记得1979年第4期，它曾以评论员文章的署名发表《为文艺正名——驳"文艺是阶级斗争的工具"说》一文，从而为新时期之初的文学创作找到了支点，提供了助力。20世纪80年代的《上海文学》，理论思维之活跃，绝不亚于创作的勃兴，而一个文学杂志能够以这样一种先进而重智的理念，突出偏重于创作而稍稍滞后于评论的别个文学杂志，不能不令人感念两位已逝的编辑家也是评论家个人，他们是李子云女士、周介人先生。两位以身体力行的方式完成了时代的立体的评论。当然，作为评论强有力支撑的队伍中，我们还可以看到林建法、张未民、韦健玮、任芙康、李国平、张燕玲、朱竞等人的身影。他们的躬身前行，是文学评论能够健康发展的一种保证。

5. 文学是人学。这句子现在已成公论，但它穿越的风雨却是后代人难以想见的。好在还有历史，还有关于历史的反思与评论。从本书的选择中，我们不难看到"人"的力量，"人情""人学""人格"，我们可以轻轻地触到有关"人"的、活着的、生命之体温。

6. 每人心中都有一部文学史。同样，不同的个体，心中的文学评论史也不尽相同。评论文字，或智慧，或多思，或灵动，或严谨，或活泼，或激越，每位评论者对于文学的介入方式和言说的方式也是多样的，每个人进入评论的道路也各不相同。而我选择它，和我在这本书中选择他人的论文的动机会是不同的吗？不。我选择它的内在原因，也是因为那亮光和火焰，它们，那些文字，从另一个人的心中传递到我心中，我受着它的灼烤和点燃。是的，正是这一个原因，那些给我内心热量的文字，的的确确影响了我，并成为我认识世界和感悟真理的一部分。

7. 毋庸讳言，我热爱有主体意识的评论家，那颗心炼出的文字，见解独到，个性鲜明，大胆立论，小心求证，行文中不失淳厚之心。如伍尔夫所言"不惜代价来揭示内心火焰的闪光"，我想，那文字中也深藏着关于人的理想。我一向认定，因有理想，才会产生一种叫作评论的文字。至此，如果我还想对六十年来以这文字投身文学理想的评论同仁们说些什么的话，那么，也许借用滕云文中的一节，更能表达此时的心境——

评论家主体意识被人们（包括评论家自己）忽略之时，我不去面面圆通，只求突出一点，只求强调一点，这用心，朋友们也可以见谅的。

2009 年 7 月 19 日　凌晨

更理智的，更经验的

　　世界与本土，我以为，越来越以为当今已不再能够构成为两个对立的概念。什么是世界，什么是本土，如果我们还处于改革开放前，可能这两个概念是隔离的，是两个独立的概念，但改革开放四十多年之后的今天，我们在艺术或文学的基点上谈这两个概念时，它们——我是说它们往往是一个概念，或是更确定地说，这两个曾经相对独立、泾渭分明的概念的分野已不那么清晰了，它们——世界与本土，有了互渗共融的意味。所以，从概念上讲，我们可以去谈世界与本土，但概念永远只是概念，它与经验有不同步的差距，它落后于经验，它是胶着、固化的，而经验之水流，永动新鲜，正如生命之树永远常青一样。如此看来，对诗的总结企图只是一种企图，无论它的出发点是理智的，还是清晰的，如果它的对象谈的是诗，那么，它就一定是不确定的，是测不准的，是猜测，而非论证。

　　这种状况，有点像旧有的科学体系的崩塌，新的科学——宇宙物理学的发展，动摇了太多的人类理智，我们以为我们以前能谈得清楚的问题，随着相对论的出现，随着量子物理学的出现，我们还能够谈得很清楚吗？恐怕想看得清楚都很难。在已然全球化的今天，各种文化的交融碰撞，使我们获得了一个宏大的世界，从现当代文学来看，中国诗人从未像今天的我们获得了这么广阔的视野，从诗的出版王国看，海量的诗集被翻译过来，以往经典的诗人我们都有中文的全集译本。就拿美国为例，无论是几年前获得诺贝尔文学奖的鲍勃·迪伦——他的诗集小册子做成了薯片似的包装——在各大城市地标式的书店中随处可见，还是生前只发出寥寥可数的几首小诗，而在人生的大部分时间不仅不再出游甚至连自己家门都不再踏出的艾米莉·狄金森，她的全集以及数十种译本在网红书店中虽不多见，但谁能说她在随身携带的纸上匆匆写下的短诗，不影响着当今一代代的中国女性诗人？

就视野而论，我们在这个文化开放的世界里是敞开的。这种敞开程度似乎超出了起初我们的想象。其标志是，以任一国家任一语种的诗人而论，不能说全部，但真的是大部，近年来，我们的翻译家夜以继日地劳作，使得诗歌的传播在中国获得了巨大的空间。在此，我要向中国的译者致敬，是你们的眼光，使人类的心灵得到几乎是同期声的传达和传递。而在改革开放初、中期，我们的中译本诗歌，所关注的大多是19世纪或20世纪的诗人，他们或已离世，或生活在与今天的我们全然不同的语境中，那种诗歌的阅读，只能是"学习"；而今天的"同声共振"式的翻译，给了我们与世界"对话"的可能。比如2020年获得诺贝尔文学奖的美国女诗人露易斯·格丽克，我在2017年就读到了柳向阳的译本，译本后记中，我记得向阳说他得到了格丽克所有现有诗集的授权，要一部部译出来。的确是有雄心的工程。2017年的格丽克的诗对于我有着深在的疗愈作用。在那一年之后的几次旅行中，我的行李里装着的就是她的《直到世界反映了灵魂最深层的需要》和《月光的合金》。其中有一首《别离》，其中一句诗是："我怎么知道你爱我／除非我看到你为我悲伤？"我以为写出了人类当此境的普遍经验。说实话我当时的看法是，写爱情写到如此理智的地步，她的诗与我的诗，在行文之间有不少相似点。

  但是，你不同时觉得奇怪吗？相对于我们对同时代他国诗人的作品的翻译，同时代的世界并没有全然将进行时的中国当代诗人纳入他们的视野。一个例证是，2015年8月我参加上海国际文学周的"诗歌之夜"，与会的来自世界多地的诗人有27位——这是要在"诗歌之夜"朗诵自己或他人诗作的诗人，不包括来此的听众。朗诵会在浦东文华东方酒店的地下二层举行，没想到地下的大厅全挤满了听众，听说那夜到浦东的车子都堵在了路上，让我感到了上海对诗歌的热情。记得英国作家西蒙·范·布伊朗诵了叶芝的《当你老了》。澳、日、韩、威尔士诗人依次登台，好不热闹。我朗诵了自己的《此刻》。这是一首爱情之诗。应朗诵会要求，我还用英语朗诵了诗人聂鲁达的《我喜欢你静默的时候》，选自他的《二十首情诗和一首绝望的歌》，也是与爱情有关的。会上，我见到了老朋友沈苇、臧棣，作家李洱朗诵了他小说中一位主人公的诗作，小说家孙惠芬朗诵了她写作中唯一的一首诗，有不少人朗诵了波兰诗人、曾获诺贝尔文学奖的辛波斯卡的诗歌——我印象中有两位中国朗诵者朗诵了她的诗歌。但是我注意到国外的诗人、插画家好像没有人以中国当今诗人的诗歌作为朗诵对象的。没有。只有一位中国翻译家朗诵了昌耀的诗。这种情形让我想起2000年我随中国作家代表团到印度，访问期间与新德里诗人作家交流，一位诗人问："中国现在写爱情诗吗？"这是 20 年前。而 2018 年 10 月在成都国际诗歌周"成都与巴黎诗歌双城会"上，与会的法国诗人伊冯·勒芒在杜甫草堂朗诵了他写给杜甫的一首诗。杜甫从世界文学史上看都是一位伟大的诗人，但是他的确距我们已有相当长的时间了。当然诗歌是不朽的，伟大的诗人也是不朽的。但我还有一些不满足的地方——是我们当代没有写出让世界为之瞩目的诗吗？还是语言与翻译所限？或者是，作为一个善于汲取世界文化文学滋养的民族，我们自身的诗歌创造力不足了吗？答案是否定的。我知道包括我自己在内的许多诗人，阅读他们的诗所带来的认知的高度与情感的愉悦，不亚于我上述列举到的优秀诗人，比如有一个时期，我的枕边一直放着诗人娜夜的诗集《睡前书》。她诗中的清冷与高拔，以及所提供给我们的奇崛意象中的普遍经验在我看来也是绝不亚于辛波斯卡的。

但是这种互译的不平等的确存在。

这种不对等也有些像恋爱中的双方，一方有最好的表达、最好的译家，甚至最好的阅读者阐释者，但是另一方并没有深入地或者说想深入地了解你的表达、你的情感、你的认知。

所以，就世界格局或世界视野而言，我认为中国作家较之其他国家更具备条件：一个当代中国诗人，他已不仅先在地拥有着本土悠久的历史文化及其所滋养出的一代代的语言精华，中国作为文明古国，作为诗歌的国度所给予他的，是其他国家的诗人所不具备的，这是先天优势；而改革开放的四十多年，后天的学习和不懈的借鉴，我们"拿来"了我们需要更新的，这种视界的打开，同样是许多国家的诗人所不具备的，而以此完成的这一代两代人的文学基础，是既有本土的深在根脉也有世界的广阔视野的。从概率来讲，在这一代两代中国诗人中，不出对世界有深在影响的伟大的诗人几乎不可能。

  我期待着。当然这期待也包括对自己而言。

2020 年 10 月 16 日　北京

在期待之中

从阿斯福尔疗养院朝前望去，公墓的墓碑在周围一圈树篱之上变成一个个小白点。西蒙娜·薇依的墓是新墓地 79 号，位于第三排，在一片松树林的前面。在十五年间，她的墓无碑无铭文；墓地跟前的小径一端，盛开着大蔷薇花。阿斯福尔的居民说："穷人的墓地。"

十年前，读到 Simone Weil 的《在期待之中》，是生活·读书·新知三联书店杜小真、顾嘉琛的译本，作者的名字翻作 S. 薇依，书名的写法如果依了薇依，可能写作 ενυπομέγη（在期待中）更符心意，是她常用的希腊文。这些都不是重要的，重要的是她字里行间的苦涩味道，淡淡的，里面有一丝不易觉得的安恬。"生活中没有真实，毋宁死"，不知这几个字用她的母语法文写出来是什么样子，可是，她写出来的远不止文字。书并不厚，加上注释也才 211 面，只是她作品的一小部分，确切地说，只是七封信和一篇分了五节的长篇论文。著者生于 1906 年，她在学校，与工人一起，在汝拉山区干农活，在卡塔庐西亚前线同共和国部队一起经受战争磨难，她干最重的体力活，在田间收庄稼，收葡萄，就是不入教会，不进修道院。对于此，她的识见与早她三年出生的法国哲学家古斯塔夫·梯蓬相默契，后者称欲取精神价值，必先扎根大地。薇依的说法是，正如水对一切落入其中的东西都无动于衷一样，水并不掂量这些东西，而是这些东西在水中摇晃一下之后自我掂量。这里，她提到了一个词——精神廉正——并坚持终始。

对于不入教的教士，我们该怎么称呼？也不重要，在薇依眼里。七封书简中，有一封写到"面对洗礼的迟疑"。字面也不是重要的，重要的是一颗心完全打开的坦率真实：

经过深思熟虑，我认为这些障碍可归结为下列几点。我担心的是，教会是作为社会事物而存在的。这不仅因为教会自身的污浊，还由于教会除了其他特征之外，它是社会事物。这并非因为我具有强烈的个人主义气质。我所担心的理由恰恰相反。我天性合群。我天性极易受外界的影响，简直到了无以复加的地步，尤其是受外界集体事物的影响。我深知倘若此时跟前有一帮德国青年正在高唱纳粹歌曲，我的部分情感立即会变成纳粹式的。这是我的巨大弱点。然而，我就是如此。我想，以直接的方式来对付天生的弱点是毫无用处的。必须对自己进行强烈压制，才能在无可推卸的义务压来时，如同自己并无此类弱点那样进行活动；在日常生活中，应当认识自己的这些弱点，谨慎对待并且尽量变害为益，因为这些弱点是完全可以充分利用的。

我惧怕这种教会的爱国主义，它存在于天主教的各界人士中。我所说的爱国主义是指人们对尘世故土的那种感情。我害怕，因为我担心自己会被感染。这并不是我觉得教会没有资格激发人们的这种感情，而是因为我不愿意具有这种类型的其他感情。"愿意"一词在此并不贴切。我知道,也真切地感受到这类感情是令我痛苦的,不管它的对象是什么。

一些圣人曾赞成十字军东征和宗教裁判。我不能不认为他们是错误的。我不能拒绝接受良知的光芒。倘若我认为我这样一个远不如他们高明的人,在某一点上比他们更加明白,那么我不得不认为就在这一点上,他们被某种极强大的东西遮住了双眼。这就是社会事物的教会。若这种社会事物损害了他们,那么对于我这个特别容易受社会影响、同他们相比虚弱无力的人又会受到何种伤害呢?

迄今为止,人们所说的和写成文字的任何东西,都比不上圣人路加在谈到尘世王朝时提到的、魔鬼对基督所说的那些话深刻。"我把全部强权以及与之俱来的荣耀统统给你,因为它被赐予我和我欲与之分享它的每个人。"因此,结果必是社会成为魔鬼的领域。肉体让人以"我"(moi)来说话,而魔鬼则说"我们"(nous);或者如独裁者那样,用"我"(je)来说话,却带有集体的意义。魔鬼尽其自身伎俩假冒神灵和神灵的替代物。

我所说的"社会"一词,并不是指同城邦相关的事物,而仅仅指集体感情而言。

我很清楚,教会必定也是社会事物,否则它就没有存在的可能。但是,尽管它是社会事物,却属于世俗权贵所有。正因为教会是保存和传播"真理"的机构,对于像我这样极易受社会影响的人来说,才有极大的危险。因为,在同样的词语掩盖下,良莠相似又相杂,几乎构成不可分的混合体。

不管谁入教,天主教会始终都热情接纳。然而,我不愿被这样一个地方接纳,堕入口称"我们"的圈内并成为"我们"中的一分子,不愿置身随便什么样的人际环境中。当我说不愿意时，我并未表达清楚，因为实际上我愿意得很；这一切是那么美妙。但是，我觉得这对我来讲是不许可的。我觉得我必须或命定要独身一人，对任何人际环境来说，我都是局外人，游离在外。

这些话，写在1941年6月与1942年3月之间。1942年5月，她启程出发前留下一封称为《精神自传》的长信给修道院院长贝兰，以上只是行前通信的一些片段，白纸黑字地站在1994年我遇见的汉译书里。1997年，北京大学出版社在法国外交部赞助下出版一套"二十世纪法国思想家评传丛书"，其中有Jacques Cabaud于1957年问世的"西蒙娜·韦伊"的传记，依然由顾嘉琛和杜小真翻译，中文译者为这个传记重起了一个名字:《信仰与重负》。为统一起见，这里我采用"薇依"这个译法。这部书利于我们从一个旁观的角度凝视我们主人公的侧面，当然其中有大量引文，使阅读转换成参与。

没有任何想法使我更为痛苦的了：使我同不信教的广大不幸的群众分开。我有一种根本的需要，我想可以说是天职，即来到人们中间，来到各不同阶层的人中间，同他们打成一片，同他们具有同样色彩，至少在心灵不抵触的最大程度上是这样，融合在他们之中，这一切是为了他们如实地显现自己，而不是在我面前做的伪装。因为我渴望了解他们，以如实地热爱他们。因为如果我不如实地爱他们，那么我爱的就不是他们，而我的爱就不是真实的。

这个境界半个世纪之后已难以为人理解。但是她真的下到了矿井下面，这个哲学教师将思辨化作一种亲身的实践。她要得到通过个体才能得到的那个民间里若隐若现的"上帝"，而不是已经存在于庙堂经文里随时可见的上帝。

这份心思，1942年11月10日，她同父母告辞时说过：

如果我有多次生命，我将把其中之一献给你们。可是我只有一条生命，而这条生命，我该它处。

《伦敦论文集》中，可找到横渡大洋的女子这样一段话：

我们身上"人"这东西，就是我们身上谬误和罪过的那部分。神秘主义者的全部努力始终是要做到在他们灵魂中不再有任何称为"我"的部分。

但灵魂称"我们"的那部分要危险百倍。

这就是她为什么要"出走"的原因。

教我想起很早读到的赫尔曼·黑塞的一部书。书名记不得了，其中一部小说记得牢，名字叫《席特哈尔达》，又译为《流浪者之歌》，我曾在1997年写下的《渡在海上》中较为详细地引证过。这是比薇依1942年的文字还要早上二十年的书写，1922年的小说里的这个主人公比他的作者和他以前的作者都要早，早得多。他曾是王子，佛陀，他的走出与步入，一定是给了沉下心描绘他的人太多的感受，他一点点地剥离，有如他的主人公一点点地清理，从宫殿到民间，从领袖至心底。他是悉达多。

为了探究"我",探究"自我",还有别的路途值得寻找吗?没有人指出过这样的路途,没有人知道过这样的路途——

婆罗门们知道一切事情,他们的经书记载着一切事:他们研究过一切事情世界之造成、语言之起源、食物、吸气、吐气、器官之排列、神们的行为。他们知道太多太多的事情;然而,如果他们却不知道这一件重要的事情,这一件唯一重要的事,那么,他们所知道的一切事情还值得知道吗?

一场跋涉就这样找到了开端。

后来,释迦牟尼在波罗奈斯传教结束而向优娄频罗进发传教之前,他对弟子的告诫是——不许结伴而行,务必独自游历教化,即要求每一位弟子以个体的自我面对向他一人展开的世界,体验、亲证、自律、实践。

一个人,在路上。

"汝当自依",《大般涅槃经》中这句遗言语重心长。漫长的修行开始了。

佛陀一生中,有过几次让后人颇费心思的转折:

为什么佛陀要抛弃他现成给定的富足生活与王位继承权而出家过流浪人的生活?为什么在他的禅定修养已达到很高造诣,令其师事的两位当时全国水平最高的禅定家惊讶,并打算立他为思想继承人时,他却离开了他们?为什么在他已与苦行对峙了长达六到十年而品尝了一般苦行者都未能做到的一切肉体磨难之苦,并使得周遭人都满怀敬佩之情如圣人般看待他时,他却放弃了这唾手可得的名誉而离开了苦行林?为什么在他于毕钵罗树(这棵树后来被称为菩

评论·165·

提）下趺坐成道后实际已是全国最具境界的哲悟家后，还要徒步跋涉到几百里外的异地去传教呢？为什么在他已然拥有了近千名弟子后却不满足于平平静静做导师的生涯，还要坚持一个人独行游历教化呢？与婆罗门的对峙与征服，对提婆达多叛逆的粉碎，九横大难之后，在他八十岁高龄时，在释迦族灭亡后，他为什么还会从婆吒百村渡恒河并选定他的故乡作为他最后传教的方向呢？为什么，他能不顾恶疾缠身，在弟子劝他休息时还要侧卧于沙罗双树间支撑着为前来寻访的沙门说法并以此作为自己临终的方式呢？

这是一个一生写满了离开、丧失、告别与放弃的佛陀。

释迦的第一次放弃是针对王权、家庭的。

释迦的第二次放弃是针对名望、利益的。

我总是满怀疑问。

寻找着的青年说，"我总是怀着一种知识的渴望。一年又一年"。而追寻的结论却是"在万事万物的本质中，有些东西不能称为学习——唯有一种知识，那是无所不在的，在你里面，在我里面，在一切生物里面……对这种知识而言，它最大的敌人，莫过于有学问的人，莫过于学问"。

由此，释迦当年才将手段与过程如衣服一样从身体上脱掉，离开同样压抑了自性已成为他"父亲"的沙门集团，将茂密的苦行林留在身后，独自一人向那一棵毕钵罗树走去。这个象征太巨大了。

对树的告别是释迦的第三次放弃。这是对滞于玄想思辨层面的哲学的放弃。

篇名意谓"菩萨"的《席特哈尔塔》里，这次放弃被描述为对一位圣人——也是一种父亲（在生身父亲、集团父亲之后，这是最后一位立在路口的智慧父亲）的放弃。故事已展开了四分之一，乔答摩出现了。他被尊为世尊佛陀。他因解脱众人痛苦所做的柔和而坚定的讲道，使之拥有全国大量虔诚的崇拜者，甚至悉达多的挚友迦文达也皈依了他，然而悉达多却一人离开了。他与如来佛告别时的一段对话相当精彩，中心一句便是——

从别人的讲道中是无法求得解脱的。

远离所有的教条与导师，哪怕他是众望所归的救世者，哪怕他是另一个灵魂中的自我。

悉达多离开的不过是他心目中要成为一个圣人、教导者、领袖的思想（那种名望的心魔）罢了，他同时离开的还有讲道这种方式。在他的心目中，行动高过语言。由此在他以放弃的方式否定一个个曾主宰过他生命的某一些段落的、各式各样的"父亲"的同时，在他表明自己亦永远不做统领别人精神父亲的同时，他只认准了一件事：亲证。

这种背弃式的选择当然是有代价的——像一个刚出世的婴儿，此外他什么也不是，此外，什么也没有。

……再没有人像他那么孤独了。他不再是个贵族，不属于任何职工组织，不是个寻求职工保障，而在其中享受其生命与语言的工匠，不是个婆罗门，不是个属于沙门社会的苦行僧，甚至连深山中最与世隔绝的隐士，也不是一个人孤孤独独的，他还是属于人类社会中的一个阶级。迦文达做了和尚，于是成千个和尚都成了他的兄弟，他们穿着同样的僧袍，享受着同样的信仰，说着同样的话。而他，悉达多，他属于哪里？他分享谁的生命？他说谁的语言？

然而就是这样，他依然走自己的路。他一无所有，却得到了一样东西——

悉达多，他自己。

这或许就是那个正在形成中的答案。

这样理解，佛陀就不只是一个单个的人。

有关佛陀自我介绍的传说中言，"我为如来、应供、正变知、明行足、善逝、世间解、无上士、调御丈夫、天人师、佛世尊"。大乘经籍中记述佛陀有三十二种相八十种好，据称，"佛的每一'相好'，都能生出无限光明，普照天下，发出无量音声，遍满世界，并给五道众生带来普遍利益。即使每一毛孔，都具有无限神通"；此外还有一种说法，认为在佛陀以乔答摩姓降生之前，佛陀曾有多达五百五十次的转生，或为君王、婆罗门，或为神灵，此外，还曾做过十二次首陀罗、十次牧人、一次石匠、一次雕刻工、一次舞蹈家等等。有关佛不同变体的思想，长久以来使我懵懂迷离，那时的我，并不知有关它的解释就藏在这个万千与纯一相叠的结局里——

当所有的语言已无法承载他的思想时，悉达多请求旧友吻他的额头，那一瞬时，迦文达在悉达多的面孔上看到的是一长串川流不息、成百上千的面孔，出现、消失、更新：一条濒死的鱼的面孔，一个初生婴儿的面孔，一个谋杀者杀人与被处决的两种面孔，男人与女人赤裸的身体，横卧的尸体和许多动物的头全都纠缠在爱、恨、毁灭、再生的关系里，既静止又流动，铺开在一层玻璃般的薄冰或水的面具上面——那是悉达多的脸，那脸上是只有俯瞰与亲历了这一切的人才有的半优雅半嘲弄的微笑。

生活中没有真实，毋宁死。

经过深思熟虑，我认为障碍可归结为下列几点。我担心的是，教会是作为社会事物而存在的。

薇依说过这样的话。

成为自己，很多时候往往是以命相抵。只是这个，从"我们"中分离出来的"我"教他这么做。教这些只拿生命实现本真的人，看破借了种种团体、主义，或者别个对个人选择的掠夺，爱自由而又要在这得来不易的自由里建立个体信仰的房屋，薇依才会下矿井，收庄稼，才于此之上进行一种新的哲学玄思。也许，宗教到一定境界，在个人身上终是相通，正如"佛的每一'相好'，都能生出无限光明"。

1943年，二战间，结核病中的薇依选择了饥饿，她要与法国人一起挨饿，她绝食，直至饿死。

如果我有多次生命，我将把其中之一献给你们。可是我只有一条生命，而这条生命，我该它处。

20世纪结束的时候，我曾写过一篇题为《安娜的血》的文章，发表时，编者删去了我最想说的话。

不妨记在这里：

十多年前，我在读研究生，一天，一位女学者找了我去，其时她正从事妇女史馆筹建，想请我参与，具体到与女性相关的艺术，比如服饰刺绣等民间文化中的女性作用的学术研究，她说这些工作太需要有悟性学问的知识女性去做，才不致将历史扭曲了，而且，作为个人也不致被庞大的男权文化所吞噬，对付他们的方法只能是另辟路径，才不致被埋没。是的，我承认，这一工作之必需，而她的焦急的心我也了解的，后一点也是极大的诱惑，难道有人愿意既从事了本就寂寞的学术也还能忍受被埋没的寂寞吗？却犹豫，那么对于女性精神解放的大题你也犹豫吗？连最民间的女性都在历史上做出了艺术的贡献却被历史文本视而不见，作为一个比众数的她们可以赢得发言权的知识女性，你有嘴能言有口能辩，怎么反倒选择缄默呢？难道你在潜意识里并不是和她们站在一起，相反却是想望凭借了知识理性而跻身于男性传统中去吗？这是一边听着她的理想一边在心底发出的一连串自问，此前这问题与我相距遥远，那天它追上了我。是的，都对。然而，内心却是——不！抬头来，眼前的一切清晰了，激动与平静对峙着，那声音更强了，响着，只我听得见那反叛——不。其时女权主义思想在中国方兴未艾，这面20世纪60年代英美法乃至欧美大陆席卷之旗在80年代中国尚处由潜至显的学问递进中。女性、女权之文学与社会学以至文化意义的理论之覆盖就是现在——二十年后的今天也不为过时，它的强劲之势在几年内就能造就一派新论一批新人，理论与作家实践层出不穷，显学之势于今日已无可置疑。据我所知，几乎没有人能拒绝这一滚滚潮流，尤其女性，长期以来历史的压抑与散兵游勇状态，迫使她们亲近能解决难疑、发泄郁闷的强有力的组织与理论，20世纪末知识女性群的崛起使这一需要更其迫切。如果有一种理论，能够一劳永逸地视为保护，更能作为反叛男权的武器，这种反守为攻的阵地谁人不希冀呢？它的另一优势还在易守难攻，她们眼中已然男权化了的男性在这一阵地几乎失去了反抗的可能，体无完肤头破血流丢盔卸甲的结局等着他们，他们今天算是碰到硬骨头了。倒好像我说话的口气是一个男子，我无法掩饰我对女权主义的隐隐排斥，虽然十年前我未能说出想透。又八年后，一位向以硬汉文学形象著称的作家约访，几位朋友一起，然而那讲话的口气、行走的姿态却惹人眼熟，一样负气自信，对于自己的话言之凿凿，并不是在交换思想、平等静穆地听与说之间，倒好像是推销（恕我直言所感）着一种只他认为成立的真理与观念，虽然那场谈话并未涉及男权，但却有一种似曾相识的、让人不舒服的强霸之气。奇怪，这一点倒相同，坐在这样的人面前，你已被先定地认定为一个听者，而不是说者。这个听者有着必须的受众的角色承担，就是说，坐在他面前的你，已被先验认定为他意识的接受者，是他在说，在这个说者面前的你，是一个智识、思想、情感、情绪都略低一些的听者受众，而他则是一个布道启蒙家。他并不需要你是一个有独立的思想人，而是顺从。那一瞬间，倒叫我看清了一个事实，不管男或女，何等的极端，那里面，任由自身的自由自信对在场者的尊重敬意的掠夺，也许言重了，或者这么说，这一细节构建的姿态里有一种何其相似的东西，而它们竟发生在被称为两个阵营的头脑身上，煞有意味，长期来，我抓不住那个令我对女性理论背过身去的东西,如今,它闪了一下,推至面前。

权力默然代替权利的一瞬,便现出与可爱相异的可怖来。

躲不开的,我必须说。面前一份2000年4月12日的《中华读书报》头版醒目位置打出《"女性主义"文学再度引起争议》的标题,如今它赫然已成流行文化的一种,身为女性,如若不在这一帜下身先士卒,不管你从事哪种写作——评论还是小说,不管你在这写作里倾向的是何种内容——现象分析、文化描述或是人格思想,你就多多少少有些不正常,自己也觉得别扭似的,因为连男性学人在若干会上也一律只拿你作学术性别看的,要想出名,与众不同吗?如今的"众"可是男人,那么做回女人,强调身份?还是管它出名不出名,只是本心而动? 20世纪90年代女性主义的私人叙事由理论界评论界到大众阅读未可绕过地取得了写作中的正宗地位,此项权力以及所伴的媒体成绩可谓该写进女性进步史中去的一笔。然而同为女性,捉笔评论,却未着一字呼应之,当然可以从自己并非女性主义论者找原因,却也少见女权理论者的评定文字,虽然20世纪八九十年代的女权主义至女性主义的进程中卷进了几乎全数女性论者,如20世纪80年代中后期由外国文学研究转向女性文学女性理论研究的朱虹、李小江,80年代末先行一步的孟悦、戴锦华,90年代初放弃了社会历史视点转而治女性文学的刘思谦,"她"换作了"她们"。20世纪90年代后期,"她们"在以一种方法声音说话——这一现象值得文化论者研究,然而"她们"似乎同时保留着自己对比之更其庞大而且在写作中渐次权威起来的女性主义写作群体——这一个"她们"的沉默权力,我少见其述作与评语,往往后者"她们"

的读者与支持者并不是前者的"她们",当然也正是作家的"她们"读了或听了学者的"她们"的译介或发扬光大之的理论才有了如火如荼的发展,怎么倒是这一实践的倡导者不发一言——这一现象文化论者可作续论。倒是我,还没被裹挟了去。

那个"不"字踉跄了一下,却终是果决坚定。

我必须把我的排斥说出来。原因如下:第一,女性主义观念中恒定的宽窄,视野小到了性别,而似乎自觉于一种方法论,自愿将自我的感知限定于女性视角,同时扔掉了更广更多的对象物及对它们的解释权——这是不是又一个误区?只是这回不是由男权圈定而是由女性自己的理论框围的,所以获得了立场,但失去了眼光。第二,更重要的是对"战争"、争斗、硝烟、对立的简单化二元思维方式的反感,非此即彼的两极化统摄的理论在我已产生了怀疑与不信,宁愿选择文本与事实的分析,从作品史料事实的细部出发,解析体味,而不愿将所有的对物、人、事、史的思想全数交给某一种全能全知、可以解决一切的理论,因为没有这种理论,正如没有无限的真理一样。我的理想理论是浸润的、渗透的,以理服人、以情动人,而不是口号式的振臂一呼应者云集,不是打仗要有首领,而且必须是理性、公平、善意,可以不忠实于性别,但必须虔敬于事实——这个原则是以事实为出发点的,而非以一种自认可以涵盖一切的理论,我不相信这世上有此终极的理论,可以只在史实的基础上得出真理,将之放在当代任何人事上都放之一切而皆准。还有第三,我认为将多元流变之万物用一种定型了的理论去剪裁一是悖谬,二是某种程度在扼杀自我的创造力,作为女性更其如此,且不说她的感觉之复杂与丰富优秀到男人莫能比,更何况依女权观点,男人正是戕害其感觉能力与创造能力的主要来源,困厄情势下,女性又何来抑制它呢?而且,是用一种反其道而行的兵刃。正理解于此,我才如是,不选择一种恒定的理论去套流动变化的物事,不生吞活剥地剪刈它,也不使个人无限潜能的创造屈从于一种已经成型的理论——不管它初创期有着多么人道合理的进步性,而保留自我主体对于万物的敬畏之心,使那感知与创造始终处于开放的状态,并不为一种真理所遮蔽。还有,对无论以男性中心还是女性中心批评模式的放弃,实乃对"中心"本身的放弃,"以……中心"之形成即是对事实作品的无所忌讳,尊重更是奢谈,是观念先入为主式的立场,有色眼光所及处,极易形成对文学文本的删改,潜流的理论在文学实践面前如若不能谦逊地保持自己的潜流状态,而在显学之势中自负到可以解释解决一切问题甚至包括生命本身的依托问题,那么促成这种想法的理论不是主体的天真,就是理论本身存在着霸权倾向。而一旦霸权成型,那么这个理论(哪怕它开始是以反霸权作为起步思想的)终结之日就不远了。所以,这里,还有对标签法的拒绝,对"对立"和"权力"的排斥。

曾将自己对女权理论的隐忧私下示人,并未条分缕析,却想要个答案,听者片刻迟疑,说,原因大约是你的心理结构仍然是寻求温情回忆式的,不是暴力对立复仇式的。以原型心态结构分析个人在集体无意识中的接受向度,固然不失为一种解释,但实在尚有原因,如上剖白。

由此,从理论,还是从内心,本心而动,还是从潮而行,这个界线,竟成当代理论家面临的一个自我问题,常常,这个问题是看不见的,而且更多时候,似乎也少有人去关心这个理论家的个体自我意志问题。它常常也是藏在众数的理论选择后面,藏在实用性乃至功利性后面，以为与生命相关，其实，即便女性理论本身，也是离女性个人不近的东西——当女性被作为个性而非群性视待的时候。

但是女性往往不免于被做群性的视待。20世纪中国文学一百年来的女性形象，检索起来，存在两种被动，一种被动在男性笔下，图腾与禁忌之识，人物的被动性在脸谱——角色化；图腾式的"母亲"形象与祸水式的"妖姬"形象所表征的女性不仅划开了善恶之经纬——哪怕简单到图解地步，也将个人物置于某一理念的符号化境地，所以无论善、恶，人物的"被塑"性到了可以理念标本抹杀血肉性格的地步，虽鲜见兼有二者复杂性格的繁漪式人物，但大多现场化平面化结局化，性格是给予设定的，它已然成型。至于女性的内心，多不深入介入，看不出变化，纵有演进，也多单向、线性，男性作家致力于树立一种理想形象，而使模式化了的女性人物心灵的丰厚性、复杂性被简化、剪裁掉了，人物成了戴面具、脸谱的角色人，心灵性是谈不上的，这可能就是中国小说关涉女性人物时多为伦理层面的原因。第二种被动绕不过女性，图腾禁忌化为内里，人物的被动性在依附封闭性。讲独立往往在对立层面上讲，实情如此，无法超拔，然其中的"依附"（因对立之独立的心灵建立原则本身就悖论于独立性）也显明可见，由于有了"男权"这一庞大背景，传统理论的文化论证形成的观念对立面不仅止步于女权主义思想，更影响到女性形象，知识女性有内心在纸墨间类近痉挛的表现为证。文学史上看比较明显，启蒙、救亡大题在20世纪前半叶位置决定了民族叙事作为囊括，女性解放挟入其中，处于文化新乌托邦建立一必备因子，却又时时处处让位于大主题大叙事，置于大题下的一个内容，而常常是大题之中忽略不计的尴尬位置。20世纪40年代后中国女性心灵探索主题断裂:以白薇"写自我"的自传式文学终结和丁玲"写社会"的他传式创作开始。至此,女性的心灵探索边缘化而女性的社会化自我成为庞大的声音,这里女性形象也随之固化为两种,一是"被迫害者",这一形象成为中国妇女的经典文学形象,另一种是"男性化了的女性",有了些反传统反经典的"叛逆"色彩,然而大大异化了女性的性别意识,女性作为自我仍然是封闭的。这后一种形象,倒为以后女性文学的女性形象提供了再次"反动"的"叛逆"点。

百年中国文学在女性写作上走着"社会性自我"与"自然性自我"前后两条相逆方向的路线。20世纪80年代之后女性主义逐渐觉醒后的创作虽然呈现出激进甚或疯狂状态,但仍是群数的,只是这个群数与前一个群数不同:前一个是集体性社会性的,是社会大题下的女性问题,是女性问题仍服从于社会问题的情态;这一个的集团性则带有明确理论色彩,仍然存在的社会性退至次位,前台是女性主义女权精神的对一切社会问题的篡改,性别性取代了社会性成为问题的根本,或者两相分离,这里个体仍然被掩盖在群体之下,这个群体仍然是一个权力的体现集团。作为女性主义对立物的男性立场成为说话的潜在听众,成为宣谕乃至诉白的对象,成为创作的唯一参照系,如此,男性权力的此种巨大潜在力量的存在,阴影一样,为女性诉白提供了某种反面的暗示与导向,渠道似乎暗自纳定,其实,所有有关女性的叙事仍然被框定在男人的大叙事里面。

随着时光的延展,我越来越倾向于不刻意打出女性解放要求女权的主义之旗,却丝丝缕缕、织锦地说,绵细地说,耐心地纠缠,把心情都熬烂成文字,"激烈"只在生出的白发里,"理性"却留在字里行间,压成纸形,苍白间满布血迹,蛛丝一般,等你发现。

正是因如上文字，下面未被删去的言说方有指代：安娜的血。是一辆火车没有载走的故事。太老了，以致岁月快风蚀了它的意义。

安娜是作者内心的一部分，从笔墨的倾注看，是其内心中重于吉提的那一部分。但是奇怪，列文（作者列夫·托尔斯泰的化身）还是给了吉提幸福，安定、平静，没有躁动骚乱，作为人物也几乎没了个性可言，倒是那个不安分的安娜给人生气，血肉可感，她说"我是个人呵"，所以她的生活里存不下概念。但是列夫·托尔斯泰并未给她好的命运，让她一失再失，在情感与理性间尝到了抛却理性的最重代价，那个理性，却是巨大的规则。安娜坐着马车独自走在去车站的路上，夜色未尽，黎明不来，她实在是无处可去，车上的人望着路过的每一幢黑影里的房子，内心说"真是无可奈何"。真是无可奈何，托翁最终还是将她这个内心最强大的声音、生命重要的某一部分送入了滚动的车轮。而所持有的"原"竟是——必须找到一种比人的力量更大的力量？！成为"善"的代言人，一个道德而又幸福的人？《安娜·卡列尼娜》一书好久未读，最近拿来，觉得最好的一段是写病中的忏悔，主角当然还是安娜，她躺在那里发着高烧，却受着来自规则的巨大拷问，严酷至极，这时的卡列宁充当着拥有原谅宽容权力的圣人，审判着包括渥伦斯基在内的两位爱欲中人，这个审判者的痛苦并没有得到什么表现，而恰恰是他也是某种"善"的至高无上的角色，站在他对面那个已被疾病折磨得不像样子的人还要承担这一份来自他的律令潜台词——你认了吧，你忏悔吧，这是与你和解的唯一条件，否则就永远是敌人。这是不常见的托翁内心的打架，狰狞得很，要问的是，谁赋予了卡列宁这一权力，要命的一问是，又是谁赋予了托翁最终裁决权。那个"善"吗？

它真的重要到比一个活的生命更需要认真对待，谁又去问过那个善的本质？真正的善是远离惩罚的，而不是某种滥用正义的武器，谁也不能自恃掌握了"善"以行使真理正义，以借了它的名义以为通行无阻地介入每一具体生命的选择里，说这个对那个不对该左而不是右地改动他人的经验生活以完成对他人主体人格的任意侵占。是不是说得有些远？却发自内心。近读舍斯托夫《列·托尔斯泰伯爵与弗·尼采学说中的善——哲学与布道》，更印证了平日思想中的一些片断，不得滥用，尤其对于正义、善或是道德这些字眼，更应谨慎，不能以它们压迫与毁灭人。作家，要成为的是活的人的代言，而不是抽象到一定规则概念的代言，不管它是什么名义，有着怎样合理人情的前提，或者只是一种生活规范的结合体——"善"本身。

　　舍斯托夫对托翁"善"之哲学的检讨在于"善"不可拿来作为强权，而一旦"善"上升于此，"当然就必须把所有人都变成'平民'或'罪人'，变成渺小者和无道德者、变成小人物或戴罪的生物，而别的出路是不会有的""这个善，居然会不顾及现实生活所有的无穷丰富多样性，想要人们承认他是'一切的开端与终结'"，这时的"善"还是善吗？以致最后，这个善的持有者也不得不以在纸上杀死安娜作为叩问的终结。而纸上的安娜却在现实中引着他走，这个作家，在生命的最终一刻，选择的也是车站，他无法忍受的恰是吉提式之安宁的列文的生活，那个被他杀死的安娜式的突围从未见停息，托翁最终走入了他的笔下，那个"善"也露出了苍白和虚弱。在这样一场灵魂之战中，他最终输给了安娜，也最后赢得了安娜。这便是真正的创造。它一直，距那省事照搬的理论——哪怕它是至高的"善"——有些远。

托翁终归承认了叛逆，用生命的最后一口气，说出了真的答案。

安娜，也终于在现实中创造了文学中给了她生命的人。

要说的是，没有武器的结果，是不属于任何一个军团的，没有番号，这样的结果，可否承受？将自己置于一个散兵游勇的位置，没有武器，只有心怀，它大到可以包容，却不从属，可以抵抗，却不去杀伤，可以消弭，却并不毫无原则，一切皆好到磨了尖锐的谐和大同。那里面，有种血让我震动，它的意义还不止此，只是叛逆，为某个主义、理论、观念的兴盛提供反思的可能？不，它深藏着不动声色的激越，这巨大的、敢于蔑视文学的、已成先验理性文化规则工具的现实写作的力量，动人心魄。

这样的叛逆与背身，这样与全数规则作战，所需的不仅是委婉的倔强、温润的火烈、面对权威的骄傲、对自我人生的忠诚，还要有对一切借善或其他名义的道义理论的怀疑，还有，对投入全部生命也可能不被理解，没有喝彩的那一份命运的承担，并自觉自愿，毫无怨言。准备好了吗？这样的命运，所需的只是一脉安娜的血。它健旺到不惮于被碾碎，纵然头顶是重达千钧的铁轮。

也许，所有要说的是，女权主义也好，女性主义也好，它是一个团体，也是一个诱惑，一个"我们"的诱惑。

而"我们"，恰恰是"我"的警惕。

又三年后，写《夏娃备案：1999》，有一些重申。

女性主义有一名言，"在男人书写的历史中，女人始终是绝对的'他者'（the Other）"。一定程度上，它概括了父权文化及其权力话语在运行机制过程中对女性形象的"天使、圣母与妖姬、娼妓"式的两极改写，理想化与妖魔化的两种形象取向，暗藏了对女性的误读，但这篇文字不想声讨男性作者在写作中如何通过女性形象的修辞或隐喻流露其内心情结的，而是女性创作者如何在这种已成事实的话语空间中对自身形象的再造问题。换句话说，你不满足于女性在某种已为定式的文化中的被塑造、被命名、被规定的命运所带来的令人不快的同化、异化或殖民化，那么作为命名者、规定者、塑造者的自己又是如何在这形象叠摞中建构自我的？在"她"作为"此者"（the One）而拥有了命名权时，其语言积习与文化表述是否真能做到摆脱一直被说的那个已成中心的文化里的"她"的可能？这个"此者"创生出的"他者"（或者叫"自者"）真的能够颠覆或重建？不能不承认，这篇文章，我所关心的已越出单一的文学问题，而同时与哲学、伦理学及经济学、社会学纠缠不清。

某一历史时代的发展总是可以由妇女走向自由的程度来确定妇女解放的程度是衡量普遍解放的天然标准。这一观点已为社会发展所证实。19世纪80年代英语词汇首次出现"女权主义"以要求政治权利与法律平等之前的四十年，哲学社会学者已率先提出了解放的重要与解放的条件，从一开始，女权、女性这些语词不可避免地要带有社会学印迹，成为历史实践的一部分，犹如亚当的那条肋骨，从一开始，女性学的命运已经被放在了一个情境里面。但是宏观话语只提供社会批判层面的历史经验，仍然有些即时、偶发、局部的事件与经验囊括不尽，尤其世界已然在百多年后进入一个多元状态与零碎经验充斥个人生活的时代，文学在个人经验与历史叙事之间的腾挪，在暗示女性学必然从女性主义的这一绝对性中分离，走向最局部的经验，才能真实完成它在框架中所设定的一系列人性目的，比如女性的内在自我是通过何种方式在人生中保持自我意识的相对稳定的？——既然它认定它面对的是一个使自我分裂的世界。比如，女性如何以精神话语言说与检验自身，以便发现其自身设立的形象标准——既然它失望于男性精神话语中创生出来的女性标本；作为一个女性评论者，之所以一直自20世纪80年代开始关注女性理论，却从不肯轻易涉足实践，根本原因在焦虑它独立姿态下的包罗万象与宏观打算必然会不屑地挤掉真能到达真理的具体信息的积累，必然会不屑于更大程度也更大范围高于广于真理的活水一般的经验，必然以对个人的不屑删节而服从类的归属，如此，女性主义从反驳一种中心极权走到了自己成为中心极权，在处理男性文本与问题上可谓一劳永逸痛快淋漓，然而其方法之误最终不可避免要伤及内涵。所以，我越来越倾向认同个体经验的珍贵性，较之一气呵成的庞然大物的建筑，我更倾心于那些散落在工地上的一砖一瓦。许是偏好，许是务实。我是一个非常在乎结果的人，目的性强，认定具体研究更接近真理，不愿在我以为只是开始或止于过程的、貌似强硕的问题上浪费时间。

所以，见到这样的表述会有认同："我旨在了解女作家们的自我意识是如何在文学中从一个特殊的位置和跨度来表达自己、发展变化以及可能走向何处，而不是想窥探一种天生的性别姿态。"喜欢这种本分，正如我喜欢能有力地表达社会框架中的个人经验的作品，能够在人性完整的基础上重建完整人格的作品，我也时时警觉于任何理论与派别对我独立思想的控制，哪怕它打着性别主义或者更新美的旗帜，它的力量也不足以大到裹挟我去，因为深知任何成见都有自我毁灭性的一面，因为深知理论定型后的类玄学的杀伤力，正如深知文学因其多种可能性的相对存在才可称其为文学一样。我珍视它戏剧性的过程，我不希望幕还未拉开就有一个全知全觉的人站出来说出结局，而以此剥夺我们观察体验才能得来的东西——那是不存在的，如果有，它也是虚假和强权，我不对之抱有好感。

一直有一个比较固执的观点。

女作家不应被当作一个明确的群体来研究。虽然写到女人，却只是人的片断丝缕，基于这一想法，我将有意舍弃带有明显女性主义倾向的文本，只是为了找寻到达人的最短路径，我重视经历了20世纪一系列壮阔事件构成的生活日常与内心波澜，身处其间，呼吸与共，那个答案，我无法回身。

一旦深入到每一颗心灵，群体是隐在的，你所面对的已不单纯是群性，那些记忆的、无意识的、本能的东西，那些后天的品质、个性或者还有付出和牺牲，你所面对的只是一个个个体；形象是独立于作者的存在，被创造出来，"她"便有了生命，但它还关涉到命名，在"拎土"之时，也暗藏着启蒙，或者一种文化思想运动中的觉醒，造人是赋予生命的过程，同时也是以这人的造出影响将来的过程，知识女性不满足于被说而直接以文字参与公共事务，不满于这公共事务只是担任对外象的描述而一面祛除语言积习的文化努力，一面为自己这一个个个体心灵提供一种历史与现实的参照。

沧海一粟。

虽然是在共名之下，但她们中的"她"仍然要求被看见，不仅如此，她们中的她更基本的要求是"表达"、自我的表达。勇敢地触及与展现女性精神向度的各个侧面，在大的文化批判潮流中不止于理论，而是悄悄实践，其创作亦并建构在性别权争的偏颇上，她们会抛开性别理论的两极，而回到经验，回到个体，回到本真。由此，那条隧道才可能在奔向心灵时畅通无阻。

　　既拒绝着男性文化的书写，又同时拒绝成为女性主义的解说员。于道理与故事之间，只提供一个"人物"，被创造出来的人，让文字中聚合成型的"她"来言说一切，卑微与琐碎，激烈与冷淡，失望与背叛，理智与情感，从创造中你见到的是一个个个人，而不是一种观念的个人，"她"鲜活、有生气，也欠缺、有遗憾，她真实地成长，在最艰辛的地段不放弃对人性的体验。

　　一个人，身在尘世，从出生直至成人，面对各式问题，当然包括性别、主义，这里呈现的只是一些细节，于记忆里它们擦出痕迹，还有比之更可贵的东西吗？心灵的一点一点沉积，我想，很多事是不能倒过来的，不是先有了观念、道理、论点、学问和真理，而是应该往更经验的地方追寻，那里，对自我的最初期待，已远非现有任何一种理论所能概括出来。

　　应该还有那样的一部书，未被写出来。

　　它经由"我"的路，才找到了"我们"。

　　是的，应该有那样的一部书，能够还原，能够勾勒出一个人何以走到今天，何以如此言说，何以成为一个以知识、理念、智慧为生存方式和言说习惯的人，她的昨天不应被尘土掩埋。

　　理性之外，仍有时间夺不走的经验部分。或者，它力图讲述一种生命底部的渊源。

　　在那儿，那些时候，白牙红口，眉清目秀。

　　虽然隐姓埋名符合亡者的意愿，却使众多的崇拜者在感情上难以接受，为符合他们的愿望，薇依家人在1958年5月，又立了一块墓碑。这是一块白色花岗石墓碑，镶着灰色大理石，中间稍有一点凸起，上面写着：西蒙娜·薇依（1909—1943）。

倘若有机会，我会放一些花在她安眠的地方，感谢她冥冥之中教我产生这样一个丛书的想法。她睡着了，她的梦仍正继续；她躺在地下，她的故事却在行走。

对于任何以书写而创造出的那个"有"，它的命运，也许正如薇依1943年6月15日写给父母的最后一封信中所言：

……我也有一种越来越增长的内在信念，即在我身上有一个要送出去的纯金宝库。但是，我同代人的经验和观察使我越来越相信无人来接受它。

…………

至于后代人，从现在起，虽有一代体魄健壮有思想的人，我们当代的作品和手稿肯定会从实际上消失。

这并不使我痛心。金库是取之不尽的。

取之不尽，岁复一岁，于期待中。

是为纪念。

2004年1月9日初稿
2020年3月14日改定

我为什么写作？

2020年9月，我休年假在上海待了二十天，收到中国海洋大学温奉桥教授微信时，我正坐在奉贤姐姐家的院子里的一方桌子旁，在打开的手提电脑上写《"新人"变奏曲》评论，评论的副题是——"王蒙《组织部来了个年轻人》《布礼》人物形象解读"[1]。当时院子里的两树桂花刚刚开放，在金桂初绽的香气中，远离尘嚣，写一篇题为"新人"的评论，是一件惬意而舒适的工作，同时也有一种富于激情的宁静。在对林震、钟亦成的重读中，我遭遇了某种创造性的写作喷发。桂花的香气若有若无，秋天的阳光时隐时现，我的感觉一下子打开了，一天一万字，完稿。正是在这样愉快的写作中，温教授在微信中问："何老师，请问您讲演的题目是？"那方桌子上的茶杯里，正好有刚刚沏好的竹叶青，茶叶针针竖立，我特意摘了庭院里初开的桂花撒进去。稍稍离开电脑中一行行文字的片刻，望着水中漂浮的黄色的小小的花，我不假思索地在手机上回复：《我为什么写作？》。

之所以说不假思索，是因为直到现在我都有些怀疑自己，几乎所有的对微信短信的回复我都有拖延的习惯，而能够在收到微信并

---

[1] 何向阳：《"新人"变奏曲——王蒙〈组织部来了个年轻人〉〈布礼〉人物形象解读》，参见何向阳总主编"百年中篇小说名家经典"，王蒙《布礼》，河南文艺出版社2021年4月版，第235—253页。

在几秒钟内回复的,而且是有关一次需要认真准备的讲演的题目,在我是第一次。回到北京家中,我和我爱人讲到此事,当然也包括这个题目。事实是,这个题目到我来青岛的当天还只是一个题目,没有任何前期的文字准备,有的只是以往的写作经验。我爱人提醒,你在其他地方的讲座都有了那么多现成的稿子,为什么不从中选一个?这样讲述起来会容易一些。我也在想为什么我不那样做?为什么当时会不假思索、脱口而出?这个题目里面到底有什么东西打动我,吸引我,使我有讲述它的愿望和勇气呢?

问这个问题,其实也在深问自己这一个问题:我为什么写作?

但是,我为什么写作?——作为一个问题而言,是没有标准答案的。它确定的答案就是完全不确定,而且,作为一个真理而言,它真正是——因人而异。

或许冥冥之中就有这么一问的。我想到了二十八年前——1992年王蒙先生曾写过的一篇文章——《你为什么写作》[1]。也许是这篇谈为什么写作的文章,于我在姐姐的院子里与桂树相对时,不自觉地跑到了我的脑海里,使我灵光一现,鬼使神差一般地在手机上按下了"我为什么写作"这几个字,发送给了温教授?

我也不得而知。

或者是,我为什么写作——这样一个问题,也一直是从十多岁写下第一首诗时开始,冥冥之中要我一个答案的问题。而这四十多年来持续不断的写作,我写下的所有文字其实都是在向自己求证——我为什么写作?较之结论而言,它更像一个过程。的确,我从未直接回

---

[1] 王蒙:《你为什么写作》,参见《王蒙文存·你为什么写作(创作谈文艺杂谈)》,人民文学出版社2004年1月版,第396—399页。

答过，也不曾在文字中设问，更避免着向自己发问。为什么？

　　回答这个问题之前，我想回顾一下与此关联的我的一篇文字，题目是《文学的功德》[1]，在这篇 2010 年——整整十年过去了——的文章中，我援引了伏尔泰的一句话——他那句话字面上似乎无关文学。伏尔泰说，工作可以免除三大害处——贫困、罪恶和烦恼。我的理解是：工作的结果使我们产生了物质的产品，物质的产品使我们解决了生存意义上的诸多贫困，工作的过程使我们避免了罪恶，专注的工作带来了与烦恼不同的愉悦。但是文学创作，文学作品，如果把我们写出来的文字也作为一种产品的话——它当然是一种精神产品，那么这种工作是否使人类免除了伏尔泰所说的三大害处——贫困、罪恶和烦恼呢？

　　就这点来看，答案好像并不乐观，首先，贫困没有因为文学的存在而消失，从《诗经》开始算，文学在中国产生有两千多年了，但是贫困仍然不曾消失，我们小说、诗歌这样一些精神产品的存在，我们一代代作家的努力，并没有消除贫困。而且文学，也不能直接消除罪恶，不是说有文学存在或者是阅读了文学作品我们的社会就太平了，事实并不如此，这个世界上仍然还有监狱和劳役。人类的烦恼，非但没有因为文学的存在、文学的兴盛而消减，反而会随着精神的丰富而增长，我们的烦恼其实并没有因为文学的存在而减少，反而随着精神越来越丰富，情感愈来愈细腻，我们的烦恼更加与日俱增，我们对生活的思虑、对情感的焦灼、对欲望的渴求、对人性的敏感以及由此带来的种种烦恼，随着文学阅读所培养的纤敏的感

---

[1] 何向阳：《文学的功德》，见《作品》2010 年第 7 期。

受力，而只会有增无减。

那么伏尔泰所说的这句话，它的意义在哪里？文学家工作的意趣在哪里？或者直白地讲，文学的功德在哪里？文学的作用与作家工作的理由在哪里呢？文学工作的确不能给我们带来可以兑现的金钱，可以享用的奢华，可以支配他人的权利，当然文学从来不拒绝这些人性的需求，它不是绝对去批评一个东西。金钱、奢华、权力，这些存在当然有其合理性，它是我们人性需求的一部分。但是文学的存在，对金钱、奢华、权力，保有一定的距离和必要的警惕。文学的精神之塔，在搭建过程中，诉说的是来自心灵的对于真实的渴望，表达了作者对于现实的认知，对于善恶的认识，对于潜伏于善恶中的价值选择，对于附加于具体人世之上的人类精神取向的把握，当然，更有对于人心中最幽暗部分，甚至最痛苦部分的剖析，对于事实真相的不加掩饰的揭示，对于它所认为的不良行为与心理的远离，这就是文学的工作。它要去承受，担当，升华，首先必要做到揭示。这些使我们避免了心灵的贫困。

文学的工作还源于一种相信。如果有志于文学，无论是诗歌、小说还是评论，写作本身其实源自一种相信，一种要打消某种顾虑与怀疑的相信，它是一种信念。我们写下文字，其实是在写我们生而为人还能做到更好的梦，写我自己对将要诞生的世界的一种确信。我相信有某种事物存在，相信在现实的存在之上，还有一种理想的存在，就是相信在现实所呈现的第一世界之外，还有一个世界，这个世界，或者第二世界——精神世界，相对于现实的第一王国而言的精神——第二王国，它必得由你亲手创造，你提笔而行，纸上造屋，长年累月，就是相信人心正直的力量必将大于外界的力量，就是相信这个第二王国，必将通过一代代人的不倦书写，而以集聚的能量，从优良的方面改写第一世界和创造第二世界。你相信有一种力量，从心愿出发，以文字为形，必将战胜或取代外界的任一种不良，必将拯救或阻拦内心的任一种堕落。作家在写作的时候，他是抱着一个敏感的内心，去承受现实生活中存在的贫困、仇恨、疾病、不公、罪恶，并以文学的抒写加以呈现，他呈现它们不是为了证明它们合理，他抒写不公，打抱不平，揭开这种现实存在的真实，不是为了证实现实是合理的，而是证明还有一种大于现实的力量存在，这就是相信，是一种相信，支撑着他这样写，而不是那样写。是不同的相信，构成了不同的文学面貌，成为一代代作家的信念，而这信念下产生的语言，结构了我们对于自我与世界的认知。我们的书写，建立一个文学的国度，文学的王国，这个"王国"的存在，不是为证明第一王国是合理的，而是说这个理想的王国必将代替第一王国。起码作家自己是相信这样一个理想的存在，这样一个王国的存在。我再说一遍，作家写作不是为了证明第一世界是合理的，而是证明第二世界有一种力量能最终取代第一世界，是为了证明人类有一种力量、一种信仰将被开采出来。这种更广阔、更宏伟的信仰的力量，这种使人类不至于下滑、不至于坠毁的力量，使我们保持着对罪恶的认知、警觉和远离。

文学是一种不懈地发掘、不屈从于第一世界的一种强大力量，它致力于表达对无情的力量之上还有一种有信仰的抵抗，这种真善美交互作用的力量，通过文学创作形成。无论你从事什么体裁创作，无论你触及的是什么领域的创作，书写者都要有一颗正直的心去印证这种力量、这种信仰的存在。文学说到底是一种信仰的工作和有情的工作。所以当我们阅读和感知一位文学家在他的作品当中的愤怒、烦恼时,这是他对第一世界的不满、烦恼和愤怒的自然表现,随着写作的深入,他会自觉于此。当一位文学家揭示不公,谴责罪恶,绝不容忍不平等和无情时,恰恰意味着这个文学家心中有所期待,他还怀有某种理想、某种信仰,他对第一世界存在这样一些背离真善美的东西还有一种不容忍,他要建立高于第一世界的一个王国,他向往一种大于事实的精神力量,他的内心有另外一种关于生活的事实的图景。是这个图景,这个被创造出来的第二世界,这个人类理应获得的真实的图景而不只是人类已经获得的事实的图景,支持了作家的诉说,而作家诉说这种理想力量的存在是想寻出一条将深陷烦恼的人们——同时也包括他自己——从不公的现实的力量中,找到一种解脱的道路或者战胜的道路。

这样说来,文学家虽然不像哲学家那样创造思想,像政治家那样建立制度,像经济学家那样提出规划创造财富,但文学家在文学作品中提出并暗示的、有关人类发展的宗旨和目标,有关社会的使命和理念,以及它对人类心灵的潜移默化的作用,是哲学家、政治家和经济学家都无法取代的。

如果说思想、制度、财富的存在,可以使人们减少贫困、罪恶和烦恼——第一世界有其合理性,它确实在现实的层面部分解决了人类进步所面临的诸多问题,使人们能够减少贫困,让人们可以规避许多烦恼,这些哲学家、政治家、经济学家所做的工作就是文学家不能取代的。但是文学的功德在于通过立言,创建一种人们对抗贫困、罪恶和烦恼的信念。这种信念是文学家对于人类的贡献,他们贡献出人类的进步更需要也更重要的东西,文学家的贡献是,通过看似虚妄的纸上的创造而完成一种实有的传递,传递出人类有目的地建造一种相对于现实世界更加崭新的理想世界的信念。这是文学的功德。这是不是作家"为什么写作？"问题的一个答案呢？

让我们再回到上海奉贤紧临杭州湾的那个我于桂树下写作的间歇收到温教授微信的下午，对他的问题的答复，其实仍是一个问题。这个问题，曾在二十八年前的1992年，王蒙先生的一个问句式的文章题目里——你为什么写作，在这篇同样是疑问句的文章里，王蒙首先回顾了1985年由法国巴黎图书沙龙向世界各地作家提出的问题及其答复，而在上海文化出版社选编的中译本《世界一百位作家谈创作》中，关于"为什么写作"也是莫衷一是，五花八门。下面我将王蒙文中提炼的答复与各位交流一下。法国玛格丽特·杜拉斯的回答是"对此我一无所知"；智利何塞·多诺索的回答是"我写作是为了弄清为什么要写作"，代表了一部分人的回答；另有三分之一将写作解释为个人的精神需要；而英国女作家、后来获得了诺贝尔文学奖的多丽丝·莱辛的答案是"因为我是个写作的动物"；另有几位作家讲到，写作是为了创造一个更永恒的自我；还有十多人的答案则是——写作是为了与人交流，写出《百年孤独》的加西亚·马尔克斯的回答是"我写作，为了使我的朋友们更爱我"；而加拿大的安东尼·马耶则说，"我写作是为了完善世界，完成创世的第八天的工作"；巴金的回答则是为了"扫除我们心灵中的垃圾"，丁玲的回答是"为人生"而写作，巴尔扎克的回答是"我为了出名和富有"；格拉斯的回答好像是没有回答，他说，"我不能做其他的事"。总之，自嘲有之，认真有之。我阅读时一直期望着王蒙先生有一个回答，但是他在这一篇文章中没有讲出自己的答案。

也许是对于《你为什么写作》这以疑问的文章之题作为书名的

《王蒙文存》第二十一卷所收录的这篇文艺杂谈有某种过目不忘的顽固记忆,使得我在几秒钟内下意识地提交了对温教授提问的答复。那么今天的交流也许可以看作对王蒙先生"你为什么写作"这句提问的回音。所以从这个角度看,所有你关注的问题,其实就是自己的问题,你想向自己要一个答案的问题。

从中国现当代文学甚至更大的世界文学观来看,关于"我为什么写作"这个问题的回答是隐性的,大致有两种,我们熟悉的答案是"为人生而艺术"和"为艺术而艺术"。在这两种不同的写作观下,聚集了不同的写作者,但随着阅读的深入,我越来越觉得他们之间并不存在一种鸿沟,比如在鲁迅的"为人生"里,我们同样见证了艺术的至高无上的原则和趣味,而在王尔德的"艺术至上"的品味里,我们同样看得见他在哪怕现在少儿都能读懂的《快乐王子》这样的作品中也包含着深沉的现实关切。写作到了一定的高度,两者几无界限,而为它们人工设限,往往一方面是评论家归纳的癖好,一方面也源于作品本身还没能达到某种标高。就后者而言,它们所造成的人生与艺术的分裂,给了评论家的分离性话题以可乘之机。

虽然正如《世界一百位作家谈创作》那部书中多数作家所言,作为读者的我们对于他们的写作动机之剖白,大多不足以采信。比如说那位对为什么写作的回答是"对此我一无所知",并调侃道"也许到2027年,写作将会终止"的玛格丽特·杜拉斯,我就读过她出版的一部命名为《写作》①的书。她以大量的札记般的写作,在论证着写作这一命题对她个人的意义。这或者是她一次颇为集中的对于

---

① [法]玛格丽特·杜拉斯:《写作》,桂裕芳译,上海译文出版社2005年7月版,本文所引杜拉斯谈写作的文字均来源于此书译文。

"写作"的阐释。这部书中，她写道：

我可以说想说的话，我永远也不会知道为什么写作又怎能不写作。

但同时，她还写道：

我写书时，书已经成了我的生存目的……
…………

身在洞里，在洞底，处于几乎绝对的孤独中而发现只有写作能救你。……无边的空白。可能的书。面对空无。……我相信写作中的人没有对书的思路，他两手空空，头脑空空，而对于写书这种冒险，他只知道枯燥而赤裸的文字，它没有前途，没有回响，十分遥远，只有它的基本的黄金规则：拼写，含义。
…………

……怀疑就是写作。

……如果我没有写作，我早已成了难以医治的酒徒。这实际上是一种无法继续写作的迷失状态……于是喝酒。既然迷失了，再没有任何东西可写，可丢失，于是你写了起来。一旦书在那里，呼喊着要求结尾，你就写下去。你必须与它具有同等地位。在一本书没有完全结束以前——也就是说在它独立地摆脱你这位作者之前——你不可能永远丢弃它。
…………

我在屋子里写作时，一切都在写作。处处都是文字……

……书是未知物，是黑暗，是封闭的，就是这样。书在前进，在成长，朝着你认为探索过的方向前进，朝着它自己的命运和作者的命运前进，而作者此时被书的出版击倒了：他与梦想之书的分离就像是末胎婴儿的诞生，这婴儿永远是最爱。

…………

书一旦完成并散发以后，它就不会发生任何事情了。它回归到初生时懵懂的纯洁之中。

…………

人们身上负载的是未知数，写作就是触知。或是写作或是什么都没有。

…………

写作是未知数。

…………

写作就是试图知道如果先写会写什么——其实只有在事后才知道——这是人们可能对自己提出的最危险的问题，但也是最通常的问题。

…………

写作……它和生活中其他东西不一样……

与其说杜拉斯在说写作的动机，不如说她更在意写作的状态，那种天马行空，写了这一行不知下一行在哪里，下一行会跳出来什么样的句子的冒险状态。也许，写作的这种精神探索对未知的自己的全然托付，才是最诱人的。但我还是更愿意与各位分享一下英国作家乔治·奥威尔的一个观点。这个观点发表于《流浪汉》1946年第 4 期夏季号，文章题目就是——《我为什么要写作》。董乐山翻译的乔治·奥威尔的多篇创作谈所辑的一部书由上海译文出版社 2007 年 6 月出版，《我为什么要写作》这篇文章的题目被提炼出来，用作了这部书的书名。奥威尔在这篇文章中从他五岁写第一首诗到三十岁写第一部完整的小说的感性经历说起，直说到他显然是经过理性梳理而总结出的写作的"四大动机"：一、纯粹的自我中心。二、审美方面的热情。三、历史方面的冲动。四、政治方面的目的——这里所用"政治"一词是指它的最大程度的泛义而言，希望把世界推向一定方向或者是通过文字改变社会的想法。于此，他认为不同的动机必然相互排斥，而且在不同人身上和不同时候的表现必然不同。我倒以为，动机虽起初是唯一的，但写作的过程中有一种奇特的平衡作用，它可以兼顾其余，当你专注于一种时，其实你会意识到别一种东西也在你专注的东西里找到了存在的合理性。所以，我们不难理解这样一段话，"所有的作家……在他们的动机的深处，埋藏着的是一个谜。写一本书是一桩消耗精力的苦差事，就像生一场痛苦的大病一样。你如果不是由于那个无法抗拒或者无法明白的恶魔的驱使，你是绝不会从事这样的事的。你只知道这个恶魔就是令婴儿哭闹要人注意的同一本能。然而，同样确实的是，除非你不断努力把自己的个性磨灭掉，你是无法写出什么可读的东西来的。好的文章就像一块玻璃窗。我说不好自己的哪种动机最强烈，但是我知道哪个动机值得遵从"。[1]

我知道哪个动机值得遵从。事实是，如果从评论家的理性上去

---

[1] [英]乔治·奥威尔:《我为什么要写作》，见其同名著作《我为什么要写作》，董乐山译，上海译文出版社 2007 年 6 月版。

分析，而不只是从一个作家的角度去看，我的动机分法是三分法，具体讲，世上大约有三种写作。第一种，让人知道"我"的写作。写作是为了突出"我"作为作者也同时作为人物的主人公的主体，这是以"人"为主体的写作，这个"人"大多时候不是众人或他人，而只是"我"。比如海明威的写作、张贤亮的作品。第二种，让人认知世界的写作。写作是为了以"我"这个叙述者为"通过体"或者"思想的工具"而找到通往外部世界的途径，它集中探讨客体对象，了解社会的法则，何以如此，或者已然如此。英国作家可以举出许多这样的例证，比如毛姆，比如奥威尔，比如哈代，当然也包括钱钟书的《围城》。第三种，让人了解"我"与"你"（也许可用"世界"一词指代）存在着一种怎样的关系的写作。这种写作在意的既不完全是"我"，也非完全是"你"，它是一种主客体之间的关系的融合，或主客一体关系的建立。我将之称为一种理智的爱的写作，在爱的关系中，单一的主体或单一的客体都无法完成、实现作为"关系"的存在，在"关系"中，"我"与"你"必得同时出现并摆在同等重要的位置上才可能成立。这种写作的代表性作家我们可以举出一些，比如王蒙，比如冯骥才。

于此，我推荐各位重视这样一篇文章，《当你拿起笔……》[1]。在这部长文里，王蒙先生将《你为什么写作》中避而不答的问题，用一种比喻的方式会回答了出来。

……你进入了一个最关键、最微妙、最困难和最美好的阶段，在

---

[1] 王蒙：《当你拿起笔……》，参见《王蒙文存·你为什么写作（创作谈文艺杂谈）》，人民文学出版社2004年1月版，第157—182页。

这个阶段,你从现实生活的记忆里,飞跃到想象的艺术的世界里。这就叫作创造,因为,原本并没有这么一个现成的世界,是你的想象力创造了它。这就叫作构思,你要用精神的经纬织一幅画卷,用精神的梁柱搭一座大厦,用精神的奔突来打开一个广阔的天地,用精神的犀利来挖掘深山的宝藏。这又叫作虚构,因为它是假的。如果只是现实的分文不差的模写,又要文艺干什么呢?再美好的生活,也总会有一些重复的、单调的东西,有一些无意义的琐事,有一些本来是很有价值、很美好的东西在被忽视、被淡漠、被时间的长河所湮没,被庸俗的势力所消磨。所以,单纯的记录,简单的照相,并不会成为文学。①

那么文学究竟是什么?我们又为什么以文学为业?
写作这篇文章的人解释了他执笔的动机。

"你在进行类似上帝的工作。你要创造一个完整的世界"②"一经创造好了这个世界,一旦进入了这个世界,这个世界是这样清清楚楚、无可置疑,是这样生机盎然、鲜明凸出,以至于你根本不相信它是你的产品,你觉得它根本就是那个样子的,从来就是那样存在的,它成了不以人们的意志——包括你这个'上帝'的意志为转移的客观存在。你觉得你一过是像一个航海者、一个探险家、一个旅行家一样不无偶然地发现了它罢了,你觉得一切的情节、一切的发展、一切戏剧性的场面和惊天地泣鬼神的事件、结局都不过是这

---

① 王蒙:《当你拿起笔……》,参见《王蒙文存·你为什么写作(创作谈文艺杂谈)》,人民文学出版社2004年1月版,第167—168页。
② 同上,第175页。

个世界、这世界里的人和事自己发展的结果,你并不能影响它。你觉得一切细致入微、丝丝入扣的情节、细节、背景、道具……都是它本身所具有的,你不过是如实地予以描摹和记录罢了;你觉得一切安排,一切结构,开头和结尾、波澜和反复,一切惊人之笔、感人之笔,都是本来就注定如此的;你觉得一切语言,一切精辟的、幽微的、动人心弦而又别出心裁的句子,都不过是那个原有的世界的人与物自身所具有的特征,是那个世界自己提示出来的,或是那些人物自己说出来的,你不过是个忠实的速记员罢了。

这就是说,创造的结果全无创造的痕迹,创造者完全不相信、完全忘记了自己是创造者,'上帝'变成了这个世界的一个奴仆、一个文书、一个速记员,精心制作的结果变成了捡拾现成,踏破铁鞋无觅处的结果变成了得来全不费功夫,斧凿的结果变成了自然而然,反复斟酌的结果变成了无可更动和无法更动。最后,创作变成了模写和叙述,写在纸上的文字变成了活生生的人和事。"[1]

这篇文章完成于1980年,但显然,它是1992年"你为什么写作"的那篇文章的先期答案。这个答案,我于2020年,也就是它完成的四十年后看到。而我十多年前所想所言的"第二世界"的构筑理论竟也与它不谋而合。

终于说到了"我"。如果说,以上我讲的都是"为什么写作"这个主题的考证的话,那么,"我为什么写作"该是今天我必须给自己一个答案的问题。

---

[1] 王蒙:《当你拿起笔》,参见《王蒙文存·你为什么写作(创作谈文艺杂谈)》,人民文学出版社2004年1月版,第175—176页。

也许我以前的文字已经有了答案。

如果还要说"我何以写作",那么以下这篇自己的陈述可以参见:

一边是灵魂,一边是肉身

1. 朝夕

20世纪一位中国诗人在他的诗句中这样写道,"一万年太久,只争朝夕"。而这句诗在21世纪被许多阅读者改写为,"一年太久,只争朝夕"。我说的改写不是字面上的,而是人的心态变了,这种改写在更深的层面展开,人生加速度地要去完成一项任务,人们的生活节奏,已似乎等不了"一万年"那么久,而只觉得"一年"都有些长了。速度,成为现代人追逐的目标,而那个在远方的真正的目的地,却是离人们越来越远,也在速度的挤压下,变得愈来愈模糊了。

"一万年"也好,"一年"也好,对于一个诗人而言,又有什么不同?或者,换种思路,诗句中的"一万年"也好,人生的"一百年"也好,生命中的"一年"也好,只不过是个时间的概念,当这个空洞的时间并没有被注入"诗意"的内容的时候,它仍是不须诗人关切的,从时间上来看,只是长短,在质地上并无不同,那么,它至多是历史学家考证的事;如此看来,诗中的"只争",应是经济学家兴味的事情;那么,诗人关注什么,什么应该是诗人关心的事物,我想,就是诗句中的那两个被我们一再忽略的字——"朝夕"。

朝夕,太普通了,是不是?是的,它就是我们的日常。它很短,具体可说只是一天的时间,从太阳初升到暮色苍茫,谁不天天与它擦肩而过?比起"一万年",甚至"一年",它都是一个小概念,从历史学家的时间上计算,它更是小数点的后面可以忽略不计的那一部分。但一万年与一年是时间概念,朝夕不是,朝夕,是什么?它实在就是你我心中的一方幽深、微妙的天地。

2015年深秋在琼海,一个下午,朋友来短信,问要不要下楼去外面看看。我回信:"去看看太阳落山?"便下楼去。一辆车就等在那里,朋友,还有朋友的朋友,我们坐车去追落日,一直追到东屿岛的山上,而太阳早已入海。朋友指着天上的一道东西横贯的青光,讲必是有贵人到了;仰望天空的我,心里想,这是太阳走过的履迹。生日那天清晨,拉开窗帘,初升的太阳在云层里,但它的光芒已照亮了整个大海,我站在阳台上等它的出现,海水和我一起,被它的不同的光线映出不同的颜色,那时心中的感动真是难言。我想,这就是朝夕吧。朝与夕,不过就是太阳落山,明朝升起。但是比起一万年而言,又谁更恒久?

朝夕,是如何地在时间之外,在心内活着,面对着这同一个景象,已有多少人如我发出感叹,但朝夕仍然在。在我之前,在我之后。正如一位作家小说中所言,你我之后还有你我。

不知道还能有什么时间,能比"朝夕"更久远?

2. 一切刚开始时的样子

某种意义上说,《青衿》这部诗集是一次对自己三十年来诗歌创作的捡拾或回眸。或者叫它"出土"也好。一切都是原来的样子,一切都是刚开始时的样子。一字未动。就是想让时光重现,看看以前。

二十年前，曾经有一机会出版这部诗集，后因因缘未到，就搁置了下来。21世纪轰然而至也已十有五年，有高校学术机构已将新世纪文学十五年作为选题研究了。可见时光的迅疾和无情。某天，因准备搬家，我整理抽屉，发现有那么一个牛皮纸袋子，在最里层，落满了灰，灰尘下面的牛皮纸上写着：诗集。两个字也褪了色，抽出来，是三百字的稿纸——那种80年代最常见的带有浅绿方格子的稿纸，稿纸正中，手写两字：苍白。这个书名，一看就是当年的英雄蓝黑墨水钢笔写的，而不是今天随处可见的水笔。说实话，我对着这沓诗稿有些不知所措，岁月里，这些诗，沉睡的时间真的太久。也许到了唤醒它的时候了。所以诗集的序和诗，一切都保留着原来的样子。1993年写的序言，我只字未动，我知道，这些文字距今已经二十二年——想一想都觉得时光流逝的凶猛可怕。但心里坦然的是，对于这些好似"冬眠"的文字而言，不管它是天真的，单纯的，还是简洁的，晦涩的，除了当年的"苍白"书题这次出版前我改为"青衿"之外，对于全书中的诗题及诗句，我绝不修改。正是在这个意义上讲，诗集自序中第一句，便是："诗歌犹如我的编年，我是把诗作为日记写的。"[①]日记无法涂改，正因无法涂改，它才可能是原先真实的自我的样子。

3.诗是深水火焰，诗是春光乍现

诗，是置于深水还能燃烧的一种蓝色火焰。写作于我，无论诗、文或其他，都无法违背当时的这种初心。这种初心，正如诗集的名

[①] 何向阳：《青衿·自序》，引自何向阳《青衿》，上海人民出版社2015年8月版，第1页。

字——《青衿》，也如诗集中的《蓝色变奏》式的间奏，是青涩的，也是忧郁的，像蓝调一般，覆盖着80年代时的青春。约瑟夫·布罗茨基在《文明的孩子》中曾说："任何一首诗，无论其主题如何——本身就是一个爱的举动，这与其说是作者对其主题的爱，不如说是语言对现实的爱。如果说这常常带有哀歌的意味，带有怜悯的音调，那也是因为，这是一种伟大对弱小、永恒对短暂的爱。"这部诗集当然出于爱，写的也是爱，但更像是一种弱小的、短暂的、易逝的爱，像青春的转瞬间，把握不住，但又偏要去抓住的感觉。这种"哀歌"的意味，也使我的诗无可挽回地走入内心，走向封闭。一些好心也好奇的朋友在谈论我的诗时总是不解，拿它来与我的尖锐、激烈甚至有些老辣、泼皮的评论对比，我想这不解已经有了几分不屑在里面。然而，我还是较为看重我的诗，它免除了几分职业的关系，与我的心靠得很近。

　　诗是深水火焰，诗是春光乍现。什么意思？是说在所有以语言为载体的表达里，诗的表达最不可思议，也最转瞬即逝。这种特点是由诗的性质决定的。正如我说过的，把诗作为心灵成长的一面镜子，而不是其他别种镜子，是难的。难在，在一个陌生的氛围里不恐惧地解剖自己，而且要假以时日，刀便变成了锉，再以后，是打磨灵魂的锯齿。

　　然而，理性的切断，又常常使我不能彻底。这一点，友人们是对的。在我的诗里，固然难以找到近年诗潮的形式或观念滑过的痕迹，同时也因了性格，而变成一种自语，或自娱。历史就是这样不可修订，本色地保留下来，当然也源于与诗同样重要的诚实。

　　单纯是别一种苍白。

　　今天，我不想掩盖。

　　春光乍现，还有一层，就是青春再无可能在人生中第二次浮现，而留住青春的唯一的方式就是经由文字,将终将逝去的它牢牢地铭刻下来。别无他法。"青青子衿,悠悠我心",两千多年前到今天,都是如此。如果不是这些诗的存在,我们可能根本不知晓古人与我们一样,也有着与我们相像的青春的感悟吧。"青衿"字面意思为汉族传统服饰,《诗经·郑风·子衿》中,原诗第一章的四句是:"青青子衿,悠悠我心。纵我不往,子宁不嗣音?"译成现代诗就是,你那青青的衣领,深深萦绕在我的心间。虽然我不能去找你,你为什么不主动给我音信?也有解释说,把"青衿"作为春天颜色的象征,诗是用呼唤的口吻表达少女盼望春神来临的心情。从诗中看,我以为是写少女的爱情的,是少女在思念着如春天般青春挺拔的恋人。

或者可以这么看,两千多年前的那位男子在吟着"青青子衿,悠悠我心"的诗句,表达着对他爱着的少女的思念,而这诗句穿透了两千多年的光阴,来到一个出生于古"郑国"的少女的心底,她的回答是《青衿》。我与你虽然时隔千年,但万山无阻的却是这样一种心心相印。"纵我不往,子宁不嗣音?"哪里会不回答?哪里会不给你答案?哪里会让你的"音"断掉而从此消逝!诗之回应也正如朝夕。爱情虽和青春一样,是深水火焰,是春光乍现,可遇而不可求,诗也正是在这层面上与之对位,与之谐音,但一切美好的心愿,终会在迢遥的时光中找得到那个应答的人。

4. 大约总有些水,溅在水渠以外

谈《青衿》这部诗集,话题自然离不开80年代,这几乎是我们谈论同时也正是新时期文学的真正起点。80年代,构筑了新时期文

学的基石，许多对于今天文学发展影响深广的理论与观念都始自80年代，所以，80年代能够看作是新时期文学的主体部分——注意，它不是萌芽，或者幼儿部分，80年代的文学一出手就是青壮年的，它在六七十年代时就已完成了精神的婴幼儿期，到了80年代，那些作家一上来的面目就是成熟的，甚至有些少年老成的样子。就是今天看，我们的文学能够有今天的模样，直接得益于80年代，可以断言，如果没有80年代的小说、诗歌和理论，今天的文学的整体面貌将是另外一番景象。打个比喻，如果没有80年代的青年的王安忆、韩少功、莫言、铁凝、路遥、张炜、张承志、史铁生，就不可能有今天这个在世界文学格局中日益强大的中国文学阵容。

诗歌，在20世纪80年代同样是功不可没的。这个结论，已有文学史定评，我不在此赘言。但是有一点，我想放在这里说一下。文学的有意思之处，除了它是我们人在一定历史阶段中对"我们"的发现之外——新时期文学的立意和贡献我以为就是对于这个"我们"的再发现基础上的，对于"人"的发现基础上的对于"我"——"个人"的发现，在这之外，还有意义吗？有，文学史只是记录了当时的"共识"，这共识在历史阶段中凝结、固化而为"知识"。这"知识"就是我们现在普遍认同的文学史。但时间中，总会有一些，甚至是更多的漏项，不只新时期，文学自有"史"以来，都避免不了。这一点我们必须承认，不然不会有今天，我们不会有对食指的认识，对木心的解读，也不会有"地下诗歌"或者"抽屉文学""潜在写作"的概念和研究。时间中总会有"漏下"的部分，我们每一代都不能够说我们的文学史已臻完善，如果完善达成的话，我们就没有去重写文学史的必要了。但事实上，文学是一直在"被"重写着，这个道理已是理论界的共识。这可能就是当代文学的特点,或者魅力所在。它有不确定性。它是变动不居的。其实,不仅是当代文学,现代文学也是如此,甚至,我以为,古典文学也存在着这种可能。

我说这些,并不是想说被遗漏的文字有多重要,但是被遗漏的文字的存在构成了文学的丰富性,同时也说明了文学史的复杂性。

我说这些是想强调我们面对的是永动的时间之上的人类情感,后者也是永动的,它从不固定,而且不会停止不前。我们每个个体——无论作者,还是读者,都处在这样一个永动的而不是僵直的时空中,所以从广义的角度而言,了解自我都是一个新的课题,更遑论概述一整部文学史。

同样,从这一角度看,《青衿》是我重新面对这个时空时,对自我的一次认定和检视。大约总有些水,溅出在水渠以外。从我本人的角度讲,也是这样。我的这多年的对外"形象",或者说是界内认定的话,总是一个评论家的形象,大多数人知道我写散文,不知道我写诗,更不知道我八九十年代就一直以笔名发诗,那时在《诗刊》《十月》都发过诗。很多人看了我最近在《上海文学》《十月》《人民文学》发的诗,见面说:"你开始写诗了啊?"其实,写诗,量不多,大多时候一年也就十几二十首,产量很少,但一直也没停过。以后也不会停下来了。放在这里的,不足十一,且都是旧作。

108首诗,与岁月一起浮现出来。108,依老说法,有人解释为人类经历的百种劫难,如佛家人手中的念珠,可以计出劫难的数目。1990年,去五台山,带回了一串桃核的,就一直放在匣中。今年去海南,又带回一串砗磲的,108颗小小的凝固的瞬间,就这样隔了近三十年,又放回在了苍白的纸上。

只有这些了。

但不是一切。

可以为证的,只是白发暗生,衣襟青浅。仿佛是在印证,劳累的、不朽的青春,你度我,我们,选择了怎样苛刻的方式。

5.什么是灵魂,什么是肉身

我在这里所说的灵魂与肉身,没有任何褒贬意味。生活本身就是"肉身"的形态,相比之下,文学是"灵魂",而文学中如果再分,从语言呈现的形态而言,小说像肉身,诗歌是灵魂,这并不是说小说就不呈现灵魂,但小说呈现的方式是借助了更多的生活原有的形态,比如人物、事件,种种。这么比喻,我也不认为灵魂就比肉身高一等级,我只是从语言的提炼,或者诗歌不同于其他体裁尤其是我们更多人阅读的小说的性质来看,小说无论体积还是重量而言,都远远大于或重于诗歌,它的内藏的丰富性和复杂性,它的体量,它的对于人物、事件、历史、现实等的叙事和对于心灵、人格、伦理、思想的借由人、事的诉说,都远大于和多于诗歌。诗歌也有人物或事件,但它是片段的,并不一定要将整个来龙去脉交代清楚,它的这一刻与另一刻,也是可以跳跃着走的,但小说就不同了,跳得太快的话,会让读者摸不着头脑,可能还会造成叙事硬伤。这是诗歌比小说自由的地方。小说无法逃离它的肉身,小说这个存在里装了器官、内脏,还有供给它们生存的血液循环系统,缺一不可,它是一个系统工程。当然偶有小说也写得如诗一般,并不讲求小说写法。但相对于小说法则而言,诗化小说仍是少见。诗歌不然,它像灵魂一样，或只有"21克"，可以不那么"实"，更多时候它是一种"灵"的呼吸。它可以暂时逃脱烟火气，而不通过过于具体的人、事言说存在，就是说，它所言的存在可以跨过大量生存的事实而直接言说。而我做当代评论和自身写作，就如侧身于两者之间，一边是肉身，一边是灵魂。有人问我你不分裂吗？灵与肉的关系其实并不是分裂的，小说给我们认识，诗歌教会我们爱。爱必基于认识才可能真实和持久。其实这才是常态，灵魂与肉身俱在，文学与生活共存。甚至是，文学依生活而存。

文学不等同生活，正如诗不等同于"艺"一样。敬文东曾在一篇文章中引用过诗人T.S.艾略特的一个观点，艾略特的目标是要写出一种本质是诗而不徒具诗貌的诗。他说，诗要透彻到我们看之不见诗，而见着诗欲呈现的东西，诗要透彻到我们在阅读时心不在诗，而在诗之指向——跃出诗外，一如贝多芬晚年的作品"跃出音乐之外"。而那"跃出诗外"，则是对于灵的触摸，虽然诗人知道大多数时间这种"触摸"也是一种心存的可能，并不能够抵达得到。

关于"灵"之所在，每个写诗的人都有个人见解。我曾在一次国内诗歌节上借朗诵自己一首新诗做过表达，诗名是《此刻》：

…………

此刻地铁／灯光转暗／车厢沉寂／突然来临的／静默／好似时间／被谁裁掉／此刻／被拿去的／这个瞬间／你不坐在我的／对面／你在／哪里

此刻深夜／我对人生的／奥秘／并不全然／了解／比如／血与钙／骨／密度／爱或／苦／此刻车行／南京合肥／膝上纸笺／已缀

满 / 抵达的 / 珍珠 / 此刻夏至 / 字句汹涌 / 繁华无尽 / 此刻 / 你不在 / 我的 / 纸上 / 你在哪里

隐身①

这首诗写于南京至合肥的高铁上,其中深夜、地铁言说的是具体的时间、地点,但是那个反复出现的不在场的"你",却是抽象的。"你"的抽象不在于所指的"不在场",而在于这个"你",是一个在所有时间、地点中闪现的"光",它不落定,它总在别处,它是一个乌托邦式的存在,是一个指向未来、不确定但也不虚无的"实在体"。

叙利亚诗人阿多尼斯在他的短章中,曾写下这样的诗句:

每一个瞬间 / 灰烬都在证明它是 / 未来的宫殿

这个意义上讲,那个"你"的不存在或许是现实的,但是对于那个"你"的呼唤的确是必要的。

与小说家不同,大多数时间,诗人言说的不尽是一种现实。他传递给我们的更多偏向于真理。战火纷飞的灰烬,身体躯壳的灰烬,日常生活的灰烬,生存磨折的灰烬,它们本不具备诗意,它们甚至在诗意的反面,是对立于诗的"物体",但诗人的心仍对其保有怀想和信念,这些人类制造的灰烬,它们的指向并不是坟墓,不,它并不指向死亡和掩埋,而是成就着未来的宫殿。

这就是诗歌,于荏苒时光和日常生活的"灰烬"中证明,活着

---

① 何向阳:《此刻》节选,引自何向阳《锦瑟》,中国青年出版社 2017 年 9 月版,第 67—68 页。

之上，仍有一座宫殿。小说家当然也造屋，但我以为，小说是在现实世界造的房子，而诗人，更像是被"上帝"选中的人，在世界不断的破坏和有序的更迭中，他们重任在肩，身负使命，在现世之上，要造一个"天堂"出来。

这样理解，诗人的写作，正是借助生活中的最具体的"灰烬"，而呈现远在天边的神秘之城，那个"海市蜃楼"一般的"宫殿"。它虽极其遥远，看不分明，但却在你我的书写中渐次成形，真实存在。诗歌是什么？要我看，就是借由沉溺的日子、混沌的景色、绝望的气氛、滚动的海滩，借由流沙、坚石和水，借由轻的回忆，重的思想、惆怅、孤独和伤痛，而打开一颗颗封闭的、幽深的、隔膜的、"囚室"一般的心，在这座心的宫殿里，点上一盏灯，拢上一把微火，备上一些取暖的劈柴，让整个心房，像宫殿一样亮起来。

正如现在，在我们的言说中、书写中，在我们的讨论中、朗诵中，在我们的心跳中、呼吸中，大殿正在搭建，正在筑成。它植根于大地之上，完工于一代代前赴后继的"我们"手中。

在这一点，我赞同约瑟夫·布罗茨基《悲伤与理智》中的观点，"就人类学的意义而言，我再重复一遍，人首先是一种美学的生物，其次才是伦理的生物。因此，艺术，其中包括文学，并非人类发展的副产品，而恰恰相反，人类才是艺术的副产品。如果说有什么东西使我们有别于动物王国的其他代表，那便是语言，也就是文学，其中包括诗歌，诗歌作为语言的最高形式，说句唐突一点的话，它就是我们整个物种的目标"。[1]

---

[1] [美]约瑟夫·布罗茨基：《悲伤与理智》，刘文飞译，上海译文出版社2015年5月版。

诗歌，正居于由语言搭建的未来宫殿的最高层。正如布罗茨基更为诗意的表达——诗歌作为语言的最高形式，它是我们整个物种的目标。

此刻，我想，因了这个目标，这最顶层的未来宫殿，我们今天，以语言为生存方式也视其为生命的人，才会顶礼膜拜，不懈不倦，躬身前行。

这篇自白于 2015 年 8 月写作，当年 12 月改定，发表于《作家》2016 年第 2 期。我想它回答了我为自己预设的问题，我为什么写作？我想你应该听明白了，但这是纯属我个人的答案。而你的答案，需要你自己去找。当你找到了，它就独属于你自己。当它属于你自己，你就找到了你与另一个更为宏大、更为强劲也更为柔弱和温暖的你——世界的联系，这个世界，在为你呈现时，它会赠予你它所能给你的独有的秘密。

把这秘密写下来，你就拥有了与世界最深的联系，同时获得了对自己最终的解释权。

2020 年 10 月 10 日　凌晨 0 时　青岛
2021 年 5 月 17 日　改定　北京

图书在版编目（CIP）数据

提灯而行 / 何向阳著 . -- 桂林：漓江出版社，
2024.2
（双子座文丛 / 高兴主编）
ISBN 978-7-5407-9682-2

I. ①提… II. ①何… III. ①诗集 – 中国 – 当代 ②中国文学 – 文学评论 – 文集 IV. ① I227 ② I206-53

中国国家版本馆 CIP 数据核字 (2023) 第 251583 号

Tideng er Xing

提灯而行

何向阳　著

出 版 人：刘迪才
丛书策划：张　谦
出版统筹：文龙玉
组稿编辑：李倩倩
责任编辑：李倩倩　苏靖文
书籍设计：周泽云
责任监印：黄菲菲

出版发行：漓江出版社有限公司
社址：广西桂林市南环路 22 号　邮编：541002
发行电话：010-85891290　0773-2582200
邮购热线：0773-2582200
网址：www.lijiangbooks.com
微信公众号：lijiangpress
印制：天津市天玺印务有限公司
开本：880 mm × 1230 mm　1/32
印张：7.125　字数：152 千字
版次：2024 年 2 月第 1 版
印次：2024 年 2 月第 1 次印刷
书号：ISBN 978-7-5407-9682-2
定价：69.00 元

漓江版图书：版权所有，侵权必究
漓江版图书：如有印装问题，请与当地图书销售部门联系调换